非凡出版

目錄

Chapter 1 趁還有勇氣！

Chapter 2 一人旅行開始！

Chapter 3 重新出發

Chapter 4 回到舒適圈

Chapter 5 兩個人的勇氣

Chapter 6 接受新衝擊

推薦序・豚長

有人說，旅行是一樣少數可以包你開心的事情，除了可以放下生活的煩惱，去外地吃喝玩樂一番，最重要是我們可以在那幾天好好做自己。你是否有一些漂亮衣服是旅行時才「敢穿」，可是平時不敢穿的？這種就是做自己的快樂，所以聽到大Y裸辭去歐遊，我第一反應是非常替她開心，因為我相信這一定是很棒的旅程！

可是，裸辭旅行也不一定是想像中快樂。

你花了多大勇氣，存了多少血汗錢，以為終於可以無拘無束地享受沒有工作訊息的旅行，然後你漸漸發現：原來一個人旅行並不是想像中好玩，遇見有趣的事沒人分享；途中也沒有認識到朋友，更別說豔遇了；過了一星期已經對歐洲建築審美疲勞，有點不知道幹嘛，還有對亞洲菜的無限思念……有很多旅遊的現實面，我都很難在 YouTube 影片中分享，所以大家都很容易以為裸辭旅行是多美好的事。

現在好啦，我們有大Y！我多希望自己會畫畫，可以把旅行中的小事用圖畫的方式分享，因為這些小小的經歷其實才是旅行的寶藏，記錄自己如何在面對不熟悉的事情時，跨過一個又一個難關；如何從平淡裏感受快樂；如何在短時間裏改變看待世界的眼光。

期待從大Y的眼裏，看看她對「裸辭歐遊」又有甚麼感受！:)

旅遊 Youtuber

Joeyful Joey 豚長

前言——離開舒適圈

不知不覺我已經三十三歲了，人們說三十歲是一個人生的里程碑。
為甚麼好像有種鬱結未解？
這幾年身邊發生很多事，令我開始思考人生……
前幾年發生疫情，世界停擺，令我覺得世事無常。
幾年前媽媽視力漸差，一開始以為是老花，當發現真正病因的時候已經太遲……
你媽媽糖尿上眼很嚴重！
你媽媽會變盲！
要趕快處理！我們會緊急安排幫你媽媽打針……
我無法接受這個消息……
盲？我媽媽？
為甚麼媽媽會得到這個病？為甚麼？為甚麼？
這幾年我們盡所能挽救媽媽的視力，陪她面對這個病，最後可以挽回一些視力……

但這個病令她由一個活躍的人，變得活動不便，讓我覺得有些事情要趁自己身體健康去做……
另一方面，我的孖生妹妹小ㄚ去了德國 Working holiday，
然後她突然說在柏林認識到男朋友，光速訂婚。
我要結婚了！
吓？
我很大打擊，因為我覺得她要離開我們了……
不要傷心啦！妹妹結婚你應該高興！
其實，我也很想像她一樣自由自在……
我一直很想試試旅居，但是因為工作和家庭，一直沒有勇氣去實行……
我感覺我要做一些改變，是時候實現這個夢想。
想做便做吧！我們可以幫忙照顧媽媽！
細妹
細佬
男朋友
去完成這個願望吧！
謝謝你！
記得要小心！

我把這個想法告訴媽媽……
我很想去歐洲三個月，想休息一下和探望小Y。
媽媽的情況已經穩定了，你去吧！不用擔心媽媽！
放心～
謝謝媽媽！
爸爸的反應是不支持，也不反對。
去歐洲去這麼久，有甚麼好玩？
又去玩？
你來德國找我可以住我的家！
真的嗎？太好了！
我準備好了！我要自己一個去旅行！
我向做了九年的公司辭職。
謝謝你們這九年的幫助！和你們做同事很開心！
之後我執拾行李，為三個半月的旅程做好準備。
要好好照顧媽媽！
二〇二四年十月，我懷着興奮的心情出發去歐洲了！
歐洲我來了！

Chapter 1

趁還有勇氣！

不怕做電燈膽

我在歐洲旅行三個半月，第一站是去柏林探望我的孖生妹妹小Y，後面的行程還沒有計劃……
孖生妹妹
小Y
這是我和Y先生的家！
整潔~
我們只有一間房間，所以你要睡客廳的梳化床，可以嗎？
沒關係呀，有地方住已經很好！
閃
嗯？
好多情侶合照！
好閃！
帶你參觀一下！這是廚房！
這個洞好有趣！和客廳互通！
是呀！方便我們這樣拿材料……
拿牛肉給我！
雪櫃
拿
還可以出餐！
出餐！
來囉！
像這樣~
地庫有儲物室，可以放雜物！
我們出去買餸吧~要準備今晚打邊爐的材料。
好！

那裏有不同類型的超市，有德國本地超市，也有亞洲超市……
這裏的食材也挺齊全的，有肥牛有餃子，菜的話連茼蒿也有……
那她在這裏生活也不怕沒材料煮飯。
我們去另一間超市，菜會便宜一點~
出發！
好喔~
好精打細算！
好有家庭主婦的感覺！
手忙腳亂
切肉
洗菜
神奇
不用的燈要關！德國電費很貴！
要省電！
提醒
你以前在香港不也是這樣？現在到你提醒我了……
小Y的未婚夫Y先生是個很有活力的人。
Hi~
你有掛住我嗎？
抱
抱
呀
家姐你好！
正經
你好！未來三個月要打擾你們了！
HP
-10

大家吃飯！
在德國第一餐是打邊爐，我喜歡！
滾
滾
我們明天帶你去附近的公園逛好不好？
好呀！
吃
吃
滾
滾
感覺受到了熱情的款待！
好吃～
不過有點招架不住他們的閃光彈……
我們一起洗碗吧！
喂！
抱
感情真好一
HP-10
看來她在這裏生活得挺好的……
晚安！有甚麼需要隨時叫我們～
晚安！
抱起
靜一
搭了十個多小時的飛機，終於可以好好睡覺……
旅行生活明天要開始了……
噠
噠
噠
噠

我去德國的時候是秋天，他們的家附近都有很多楓葉……
飄
想不到我的新一天這麼早便要開始……
還是起床吧……
咚 咚 咚
咚
噠 噠
蓋
周圍都是紅葉和黃葉，好漂亮！
真舒服～
你這時間來剛好，可能過多一星期便沒有了～
拿起
好大塊樹葉！
好漂亮的黃色！
我幫你們拍張照片好嗎？一，二，三！
Kiss
咔嚓
真恩愛
他們家附近有個舊機場公園，前身是機場，現在是柏林最大的公園，是柏林人們騎腳踏車、野餐、玩風帆的地方。
滕珀爾霍夫公園
Tempelhofer Feld
超廣闊——
·355公頃
·香港維園18倍！
也太大了吧！

政府把當時的機場原貌保留～
整條飛機跑道!!
好大!
感覺很適合拍MV!
這裏沒有遮蓋物和樹木，看起來超空曠……
電視塔
客運大樓
看那邊～
那是當時的機場大樓，還有電視塔。
竟然有人在這裏養羊!?
羊
!?
吓
跟他們散步，我發現了他們的步伐超快……
快速步行
急步
快跟不上了!
幾乎要以競步的姿勢走路……
之前發現小Y去德國後，步速變快了，原來是被Y先生影響。
你們走這麼快做甚麼?
急步
有嗎?是你走得太慢了吧?
快速
呼
呼
才不是!
感覺這裏就是把機場停用後，大家自由活動的地方……
嘎啦、
嘎啦、
叮叮!
這個公園很大，所以要走快一點～
呵呵
你們趕時間嗎?也太快了!
好累
呼
呼
呼

在柏林他們會帶我去不同地方，也帶我去認識他們的朋友……

熱鬧～

但住了一段時間後，我開始想自己會不會阻礙他們……

電燈膽

……

悶悶不樂

咦？

他為甚麼不作聲？

他是不是在生氣？會不會我做了討厭的事情？

擔心

即使他不開心，也不好意思在我面前說出來……

嗯嗯

想想如果我家中多了一個人，也會不太自在……

我也不可以打擾他們太久，

是時候要計劃未來三個月的行程了……

先去捷克，葡萄牙再去西班牙還有英國……

以柏林作為基地，我間斷地開始了獨自旅行，有時去一星期，有時去兩星期……

出發

咔嚓

好吃～

旅行是很好玩但也很累……

累……

咯啦

歡迎回家！
Hello～
好久不見～
你居然在樓下等我！會不會太窩心！
感動～
我來拿行李吧！
喀啦
會重嗎？還是我拿吧……
拎起
用力
不會啦！
小心……
歡迎回來！
Hello！
好久不見！
我們今晚打邊爐吧！
好呀！
我最喜歡了～!!
你的旅程怎麼樣？
西班牙的陽光很好……
大口吃
大口吃
因為他們的照顧，漸漸在這裏有了家的感覺……

在新家的生活

裝滿食物盒吧！你拿多少也可以！

我去拿炒蛋！

好！

這做法不錯，又減少浪費，我們又可以低價買食物……

之後開始幫忙買餸煮飯……

Hey Mum —

你們今天想吃甚麼？我煮！

又幫忙做家務……

洗

洗

開始喜歡做家務～

你們請不請女傭？我可以在這裏打工！

好ー

不用了

識新朋友的勇氣

我一直很好奇小Y在柏林放假做甚麼，還有她交了甚麼朋友……
因為在香港時，當我打電話找小Y，她都是在打麻將……
我正在打牌，遲點打給你！
怎麼去柏林後，變了爛賭二！？
難得來到，要不要認識我在柏林的朋友？
求之不得！
他們經常在一位朋友的家聚會，因為隔音比較好，住這裏的人有不同國籍的人，很像一個宿舍。
歡迎～
你好，我是阿梅～
你好我是大Y！
好有趣！你的聲音跟小Y很像！
Hello～
你可以周圍看看～
很多照片
有很多照片，在哪裏拍的？
這是我們一班朋友去露營的合照！
真好！好溫馨！
這個呢？
— David 176cm
— Zoe
— 小Y
— Toby
— Ella 159cm
— Queenie 155
這是這裏住過的朋友的身高～

和阿梅打麻將，了解到他的故事……阿梅是澳門人，來柏林打工超過六年……
其實我下星期要離開柏林了，要回家了……
吓！
那麼快？剛剛認識你便要跟你說拜拜……
我在這裏工作幾年，現在過了三十歲，
覺得是時候要回家陪家人了……
唉～
過了某個年紀就會想做一點改變，你也明白吧？
對呀……
大Y你好！
我是Tony！
Hi～
他很擅長沖咖啡的！
真的？
沖一杯給你吧！
拉花～
卡布奇諾！
謝謝你！
哇～
原來他是這裏的屋主，要管理這裏大小事務。
Hello～
這些人是其中一位租客的朋友，他們今天也上來開派對，有點吵……
(英文)
(英文)
沒關係啦！我怕我們打麻雀的聲音比較吵！
我們有多了的炸雞，你要吃嗎？
我們也有一些零食……
這裏氣氛真好！
熱鬧
吃
吃
Thank You!

除了打麻雀，在柏林也認識了玩桌遊的朋友……
Hello！
這朋友是全職樂手，吹長號的！
好厲害！
而這位是九龍華仁書院出來的，拔尖畢業！
那位在這裏讀大學，修歷史和德文！
你們都好叻！
我們經常約出來玩桌遊的！
真好！有固定的桌遊腳！
我家有點細，大家要坐地下，不要介意……
你是在這裏練習長號嗎？
是呀！
想不到樂手的家是這樣的……
上星期我去了德國南部的一個城市表演……
他們都是臥虎藏龍！
哇！
聽得津津有味
聽他們的故事好像打開了新世界……
他們的經歷都很好聽吧！
對呀！
之後又跟他們去柏林的桌遊店玩……
BRETT SPiEL

想不到收工後，還有那麼多人來玩桌遊……

全場爆滿!!

和香港的桌遊店不同，這裏沒有人會教你怎麼玩的～

說明書都是德文寫的，看不明白……

這朋友也喜歡玩桌遊的！

我在柏林已經住十年喇！

Hello!

好厲害！

這裏的窩夫即叫即整好好吃！

吃

吃

熱鬧

果然是德國，這裏的人好像都很愛桌遊，男女都會玩，好開心有很多同好！

*世界最大桌遊展在德國埃森！

除了靜態活動，我在柏林也有做動態活動！

這是一起打羽毛球的朋友！

Hello

Hi

有一次我們去參加了一個以八十年代為主題的體育俱樂部……

說到八十年代，就是牛仔褲和皮褸！

這個運動會所，以前是桑拿會所，停運後現在其中一個場開放給人做運動。
超大～～!!
SEL CLUB
那裏有很多運動可以玩，例如羽毛球、跳彈床、跳舞和板球等。
羽毛球
跳舞
跳彈床
匹克球(Pickleball)超難打
現場的人都很願意和陌生人一起玩，氣氛很好！
我們只有兩個人，要一起打嗎？
好呀！
Come on!
好開心！
呼～
其實柏林有很多活動，看你願不願意發掘……
所以我在柏林不覺得悶！
而且在柏林的香港人有不同的故事，很有趣！
是吧！
感覺大家在這裏都很願意認識新朋友，很友善！
他們還會為離開柏林的人辦告別派對……
謝謝大家…
因為有一班朋友，我在柏林不再覺得孤獨……
嗚…
很開心你在這裏有了你的圈子！

契機

我認識這些朋友是因為……
Rubberband的柏林演唱會！
我一開始在柏林沒有朋友，但又不想一個人去看演唱會，
所以在FB問有沒有香港人一起去看……
在那裏認識了第一個新朋友……
然後她再介紹更多朋友給我！
藤揍瓜瓜揍藤的最佳例子！
Hello!

告別派對

識新朋友的勇氣——一起去夜店

另一間……

繩子→

這兩間是有甚麼用途？

這兩間是用來做x的房間！

Love~

吓！？

如果剛才有人在裏面怎麼辦！？

吓!!

現在時間還早不會有人用啦！

別緊張~

你也太熟悉這裏！

我想去廁所，你知道在哪裏嗎？

我也想去！

跟我來~

我帶你們去吧！

嗯？怎麼不知不覺會穿過男廁！？

Follow me!

不怕的，繼續走吧！

不安

咮

這裏是廁格，我去外面等你們！

原來這裏的廁所是男女共用……

快過來這間派對房！有表演看！

Show Starts!

Drag Queen Show
各有特色的變裝皇后們！
這是我夢寐以求的變裝皇后！
哇～!!
原來今天是變裝皇后比賽的總決賽！好幸運！
DRAG OPEN STAGE
哇～
參賽者們為爭冠軍都施展渾身解數，每個參賽者的風格都很不同，簡直是目不暇給！
超高鞋踭
轉
轉
轉
吹
吹
轉
跳
呀呀呀呀呀呀呀呀呀!!
評判在一個高架台上看參賽者們的表現……
除了參賽者外，他們還有表演嘉賓……
哇～
她是上年比賽的冠軍！
好厲害你還記得！
Amazing!!
Perfect!!
OMG!!

低頭
揸
這個舞台效果好有型！
變了髮型～！！
她的表演瞬間成為我當日的最愛！
Wow!
好正呀！
呀——
此時此刻的我已經叫到聲沙……
沙啞
最後是頒獎環節，不只有冠亞季軍，還有很多獎項，
好像是香港小姐的形式，有友誼小姐，最上鏡小姐等……
她們都跳得好有力量，所以我很喜歡看！
好同意！我也很喜歡！
比賽結束後，那裏便變成了跳舞池……
跳舞
你妹妹和Y先生都好擔心你，怕你喝太多，但你酒量也不錯啊！
哈哈～
呼～
哈哈！他們也太擔心了！
哈哈！我們上去舞台跳舞吧！

Lalala～
牽手
他走過來了……
靠近
那個人跳得好ㄎㄧㄤ！
La la la～
DRAG OPEN STAGE
Kiss！
Yeah～！
Wow!!
Kiss！
Kiss！
每個都接受他的親吻攻擊！
這個夜店充滿了柏林多元的文化，讓我大開眼界……
正呀～!!
跳
那天過了很開心的一晚。如果不是他們，我不會見識這麼多！
在柏林認識了這些朋友真的很開心！
再見～！

0°C 的裝扮

冷帽

+

1 件 heattech（普通 ver.）

* 因為室內有暖氣，不用穿太暖

1 件面衫

1 件很保暖的大褸（重要！）

1 條牛仔褲

+

安全性高的斜孭袋

秋天時去柏林，可以看到這些美麗的顏色！

在柏林愛上了土耳其菜Doner，大大份只是約8歐，抵食又營養均衡～

我自己一個人不會去夜店，因為不喜歡穿性感裝扮，又不喜歡飲酒，但在這間店沒人管你穿甚麼，只是純粹在這裏放鬆玩樂便可以！很感謝朋友帶我去玩！讓我見識很多！

Tony 沖的 Cappucino! 很好喝！

好多款
boardgame~!

這 Boardgame 店是計人頭費，只要付入場費，這裏的桌遊都任你玩！周圍的架子都放了桌遊，所以要花時間找你的目標……這裏有水吧，玩到累可以叫咖啡喝～

在香港時即使下班後忙，放假都忙。在柏林可以很簡單，娛樂不多，和朋友聚聚便很開心，所以只要一有人約，便會有朋友願意出來玩！麻雀也很易找腳！

柏林以前是用這些水泵取水，現在還可以用！

超長的腸～

買餸的時候發現了超長的香腸！去旅行時就會隨時找到驚喜～

以前是機場跑道，現在是長滿草的公園～

另一間 Boardgame 店，超大間！還可以玩 Warhammer!

也門菜在柏林可以吃到！柏林有很多國際菜式，去柏林甚麼菜式都可以去試試～

Chapter 2

一人旅行開始！

嘗試一個人觀光——捷克

在柏林玩了兩個星期後，我決定出發去旅行。
我要一個人去旅行了！
加油～～
加油
第一站是捷克的布拉格，我會去三日兩夜。
三日後見！電話聯絡～
三日後見！
選布拉格是因為與柏林的距離只有四小時的車程，而且是個小城市，可以作為獨旅的小試板。
好久沒試過自己一個去旅行！上次已經是十多年前……
緊張
這是我第一次搭Flixbus，為安全起見早到巴士站半小時。
Berlin Südkreuz
錯過巴士便大鑊了！
找到喇！
Berli Sükre
FLiXBUS
Passport please！
OK！
幸好我有帶護照，以為是歐盟國家便不用查……
登上Flixbus，這次旅行成功了第一步！
安然無恙的話坐四小時便到布拉格！
FLiXBUS

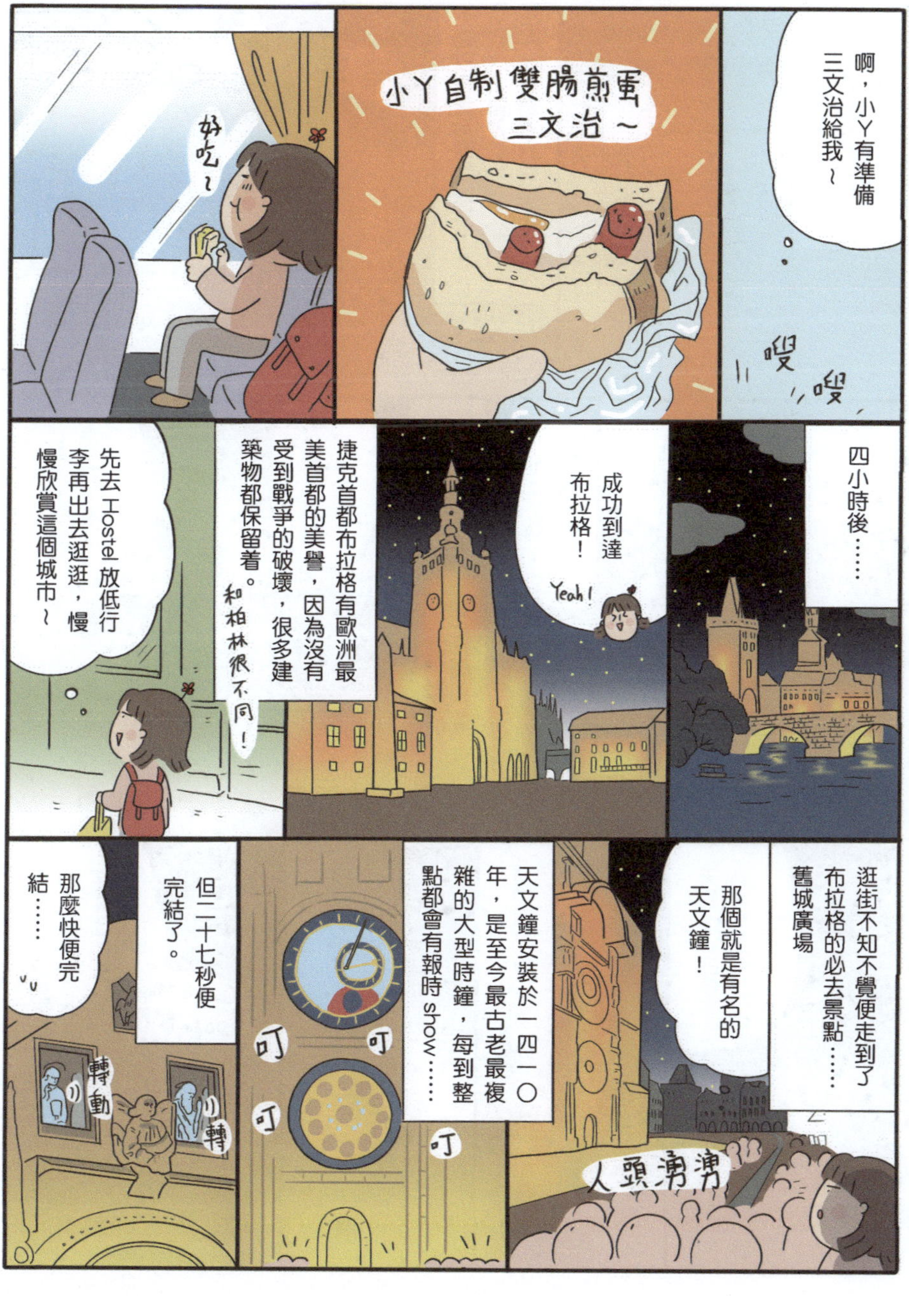

啊，小Y有準備三文治給我~

嗖 嗖

小Y自制雙腸煎蛋三文治~

好吃~

四小時後……

成功到達布拉格！

Yeah!

捷克首都布拉格有歐洲最美首都的美譽，因為沒有受到戰爭的破壞，很多建築物都保留着。

和柏林很不同！

先去 Hostel 放低行李再出去逛逛，慢慢欣賞這個城市~

逛街不知不覺便走到了布拉格的必去景點……舊城廣場

那個就是有名的天文鐘！

人頭湧湧

天文鐘安裝於一四一〇年，是至今最古老最複雜的大型時鐘，每到整點都會有報時 show……

叮 叮 叮 叮

但二十七秒便完結了。

轉動 轉

那麼快便完結……

查理大橋～
之後我走到查理大橋，查理大橋始建於一三五七年，有超過六百年歷史！
從布拉格老城區一側可以看到對岸的布拉格城堡，十分漂亮！
你好呀，可以幫我拍照嗎？
好呀！
另外我們可以一起自拍嗎？
這是我的IG！
可以交換IG嗎？
這是不是所謂的搭訕呢？
現在要不要去看布拉格城堡呢？趁還沒關門……
Google Map 說10pm關門
走上去看看吧！
好像有點遠……
天黑了，好像有點會有危險……

算了，還是回去吧！

折返！

一個人去旅行就會有很多內心的掙扎。

晚上我去了一家吃豬手的餐廳 Pork's。

六點已經很多人排隊……

請問多少位？

一位！

只有我是一個人吃飯，這個感覺幾新鮮……

這就是孤獨的感覺嗎？

Pork's 招牌豬手

Pork's

好大個豬手！

好好吃！豬皮烤得很香脆，肉也很 juicy！

咯嚓

咯嚓

香脆！

不過一個人吃是有點吃力……

吃飽～

呀!!

我忘記帶毛巾，待會兒要去買！

我去了一間藥房打算買浴巾……
這裏好像沒有毛巾，直接問職員吧……
不好意思，我們沒有毛巾……
哦……
藥房沒有毛巾？
去了第一間藥房……
我們沒有毛巾～
吓？
毛巾究竟要去哪裏買？如果是在香港應該是去日用店，日本城、千色之類，但這邊有日用店嗎！？英文是甚麼！？
焦慮
快要夜晚九點了，鋪頭都要關門了！
去了幾間超級市場都找不到……
清潔抹布
還是買這些清潔抹布代替？
還是再找找看？
最後去到 H&M Home 的兒童區找到……
兒童的沙灘浴巾也 OK 喇！
因為在香港買東西太方便，想不到在布拉格會這麼不容易……
買到浴巾後安心回 hostel～
好，沖涼後睡個靚覺～
還有甚麼要帶呢？

呀！
要帶房卡！
不然洗完澡後回不來！
共用洗手間
喀嚓
淋浴間
廁格
浴室廁所幾乾淨！
這廁所是男女共用的，
而且沒有鎖……
看來衣服要放進淋浴間了……
如果突然有人進來
而我在換衣服，會
嚇壞人……
OMG
What!?
要小心一點不要
弄濕衣服……
嘩啦
嘩啦
這民宿也不錯，
很安靜！
明天可以參加一
些本地遊，了解
多一點布拉格！
關
第一天獨自旅行
順利完成！
Z z

第二天我去了參加三小時的 Free local tour 因為第一天看到很多遊客都有參加……
大家好！歡迎來到布拉格！
這是我第一次參加外國的旅行團！因此認識了很多來自不同國家的人～
你們來自哪裏？
德國！
香港！
法國！
大家跟着我吧！記得認住這把遮～
揮
雖然有些景點已經去過，但經過導遊講解後，我更加認識背後的歷史～
有人介紹會更好！
這個整點 show 只維持半分鐘，可說是最令人失望的表演之一～
讓我教教你們怎麼去看這個天文鐘～
他又介紹了一些景點的傳說和故事，三個小時的行程很豐富。
傳說摸這裏會有好運～
摸
原來如此～
猶太人區
卡夫卡～
這個是卡夫卡，是很出名的作家，他一生幾乎都是在布拉格度過。
連儂牆，象徵了和平自由，他說世界各地都會出現連儂牆來代表對民主的追求，這時導遊向我說了一句……
John Lenon Wall～
但有些地方不是和平收場……
嗚…

還個 tour 完結了，謝謝大家，這個 tour 是 free 的，即是你們可以自由定價～

果然……

蓋

謝謝！你是我見過最好的導遊！

謝謝你！

這方法不錯！別人看不到他給多少錢～

我也有樣學樣。

Thank You～!

蓋

因為體驗很好，我第二天晚上又參加了 ghost tour。

怎麼只有導遊自己一個？沒有其他人參加嗎？

等多一陣再過去吧……

再等多一陣……

唉，還是現在走過去打招呼吧……

Hello！

Hello！

幸好還有人一起參加……

歡迎大家……

導遊配合主題打扮，很有心思！她之後分享流傳了數百年的傳說和鬼故事，和帶我們去布拉格城堡……

可以夜遊古堡好興奮！
鬼故迷
我們之後去到布拉格城堡附近的叢林和樓梯……
她有時會停下來說故事，其中一個比較深刻的是……
切爾寧宮的伯爵夫人十分自私，當農夫們挨餓時，她會穿着用麵包做的鞋子。魔鬼們受夠了，所以將她拖入地獄，直到今天，深夜仍能聽到她的尖叫聲……
呀～
真是從另一個角度了解布拉格……
其實我也有過見鬼的經歷，
開
ukulele
我還為這經歷作了首歌！
那麼厲害！
……
不好意思，可以請你關掉音樂嗎？
敲
敲

啪
啪
啪
啪
啪
Bravo!

靜
……

咳咳

We saw them behind
our window
In the freezing cold
There were 2 or 3 or more
Talking to each other
Everybody saying they're just
shadows, but we know
They're not!......

彈
彈
（謝謝導遊給我歌詞xd）

慕夏博物館，

好美～!!

我遊覽了布拉格城堡，

這些 tour 讓我更了解布拉格，我也因此更喜歡布拉格……

我除了做導遊外，也在一隊樂隊做主音，同時會在酒吧表演，歡迎來找我～

可以follow我～

Scan QR Code!

真是多才多藝！

其實自己一個去旅行也不難嘛！

我在布拉格過了美好的三日兩夜～

還有去 Jazz Club 看表演！

好正呀！勁有氣氛！

平民美食

自己一個旅行，不用吃那麼貴。

我很喜歡平民餐廳，好像布拉格這間……

職員會先給我一張點餐紙，然後我要去食物區點餐。

焗薯仔＋炸雞扒！

很樸實，味道不錯！

簡簡單單一餐也可以！

美食的重要性

查理大橋是布拉格的景點必經之路，短短數日我已經看過早上、中午和晚上時的查理大橋，我特別喜歡日落時的，粉紅的天空很漂亮！

捷克菜很簡單，主要就是肉肉肉！很多都是肉配薯仔，導遊說素食者不會喜歡捷克菜。

參加 ghost tour 會發掘到布拉格陰森的一面，這個裝飾好有心思！但不會嚇到我的！

一個人旅行最麻煩是得一個胃，自己食一個 Pizza 是有點難度。

從布拉格回柏林在 Dresden 留半天，意外發現了油畫大師 Caspar David Friedrichh 的展覽，可以看到真跡真的很驚喜！

逛博物館必備小物：泰國的薄荷鼻通，吸一吸精神爽利！

嘗試一個人觀光 lv2——西班牙

好的一天要由靚早餐開始！所以我去了一間高分 Cafe 食早餐～
牛油果煙三文魚三文治
你這個早餐看起來好好吃！
在那邊認識了一個來西班牙教德文的奧地利人。
你會把旅遊照片放上 IG 嗎？不如交換 IG？
好呀！
一個人的時候特別容易跟陌生人談話～
我會把想去的地方都儲存在 Google Map。
按
馬德里王宮
4.7
已儲存
那安排行程的時候便會很方便～
今天先去馬德里王宮，再去附近的聖米格爾市場吃午餐……
這樣順路～
第一站我去了馬德里王宮，它是歐洲三大王宮之一，佔地約十三萬平方公尺，是馬德里必去景點。
這個廣場很大！
廣闊～
雖然她說西班牙語，但都明白她想要拍照～
西班牙文
XX
X

好美！
閃
閃
馬德里王宮的富麗堂皇讓人瞠目結舌，除了有栩栩如生的當今皇室大幅肖像畫複製品，還有內部的裝潢、天頂壁畫都十分奢華！
金碧輝煌
下一站我去了聖米格爾市場，它位於市中心，市場規劃完善又美又乾淨，有很多不同的道地西班牙美食！
這裏很多人，要小心扒手……
熱鬧
熱鬧
好多美食！
TAPAS
拼盤
買一些小食，再配一杯 Sangria！Perfect！
好喝！
Sangria
蛋餅
西班牙的美食真的很對我的口味！
不如我去學一學西班牙菜？
吃
吃

之後我報名烹飪班學煮西班牙海鮮飯～

老師解答了我第一晚到達馬德里的疑惑……

HA

HA

因為那天是星期六，夜晚大家都出去玩，夜晚十二點不算晚呀，通常人都玩通宵！

還有我們吃飯時間也很晚，我們夜晚九點才吃飯呢！

原來如此！

我們一起去買餸吧！

你有吃過 Paella 嗎？

Paella？是甚麼？

是你今天要煮的菜式……

原來在說西班牙海鮮飯！

哦不好意思！我有吃過，十分喜歡！

西班牙盛產橄欖！我買幾款不同味道讓你試試吧！

好呀！

我們七成的食材都是來自西班牙，所以很新鮮，番茄也有很多種～

請給我一份這些……

海鮮也是由紙包着，真有趣～

我們最後買了這些材料……

青口

魷魚

雞肉

辣椒

準備好煮了嗎？

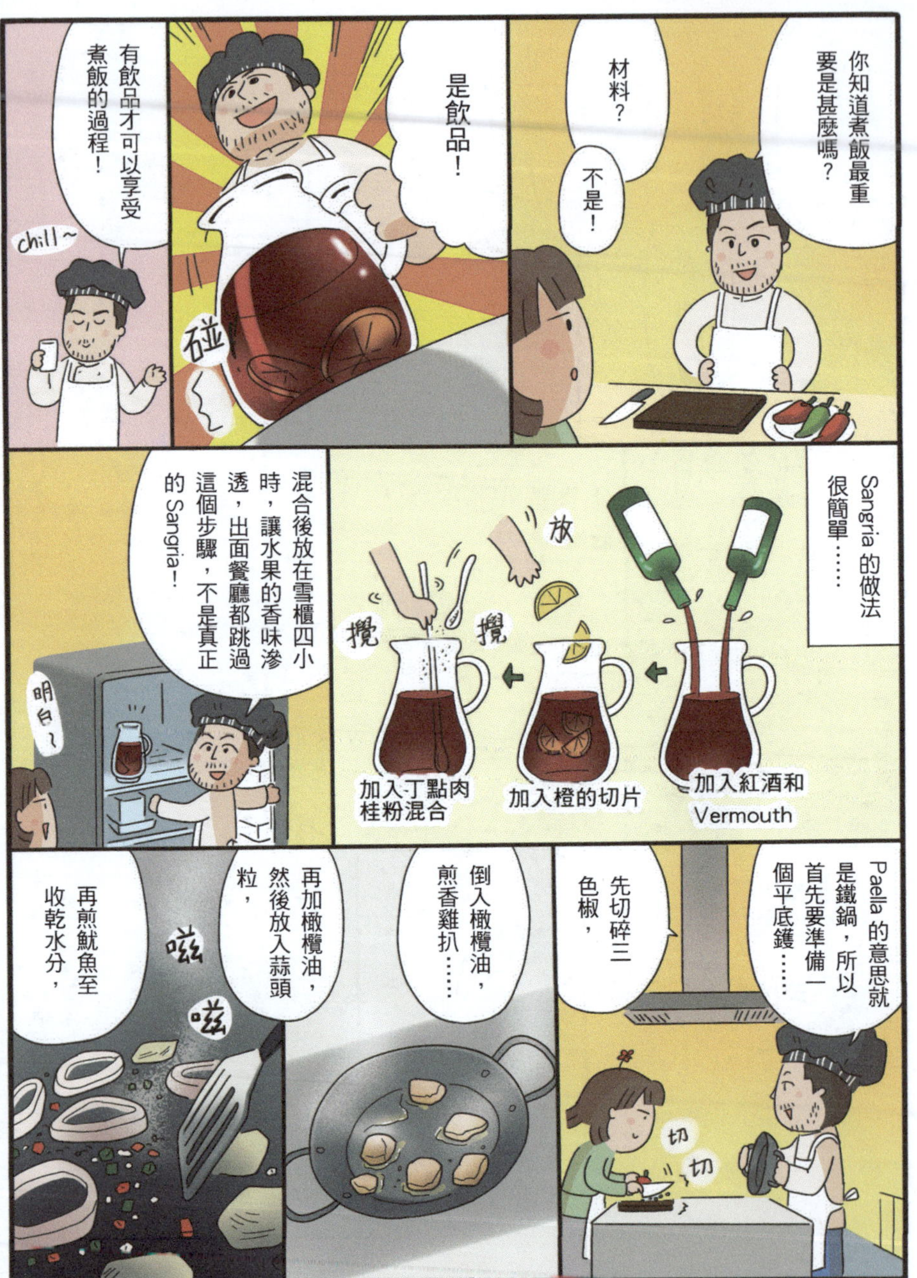
你知道煮飯最重要是甚麼嗎？
材料？
不是！
是飲品！
碰
有飲品才可以享受煮飯的過程！
chill～
Sangria的做法很簡單……
放
攪
攪
加入紅酒和Vermouth
加入橙的切片
加入丁點肉桂粉混合
混合後放在雪櫃四小時，讓水果的香味滲透，出面餐廳都跳過這個步驟，不是真正的Sangria！
明白～
Paella的意思就是鐵鍋，所以首先要準備一個平底鑊……
先切碎三色椒，
切
切
倒入橄欖油，煎香雞扒……
再加橄欖油，然後放入蒜頭粒，
嗞
嗞
再煎魷魚至收乾水分，

倒入三色椒粒，炒至出水，倒入番茄蓉，左右搖一搖平底鑊，把材料搖均勻……
左右搖勻
這時不要再去移動材料，海鮮飯的擺盤很重要！
把米和加入了番紅花碎的熱魚湯倒入鑊煮……
倒
放
把蝦和青口放在表面，湯要剛剛好浸到蝦和青口！
放
煮至差不多乾水後熄火，加蓋放置約十分鐘……
差不多了～
呼
西班牙海鮮飯
Paella
Wow!!
我們還煮了前菜……
老師你要吃嗎？
不用了，我的午餐時間還未到～
對啊
自己煮的特別好吃！
幸福～
最後老師給了我一個大膠樽，裝着喝不完的酒拿走～
滿滿的～

老師 Angel 很細心教我，這是二人份的西班牙海鮮飯，因為太好吃了，我一個人也把它吃完（超飽）！

這個小菜是把生菜焗到微熱，再將橄欖油醋糖等混合的醬汁放上去。之前完全沒有想過有這種煮法，令我覺得很新奇！

在西班牙不難找到美食，看樣子，已經很掛念西班牙了。

這是一人份的海鮮飯，很明顯蝦細很多，但是不影響它的美味，order 一個飯送小食 Tapas，還有法包，分量超多！

這個莓果慕絲蛋糕，酸酸甜甜非常好吃！

牛油果蛋三文治～

各種 Tapas!

炸魷魚圈超彈牙很好吃～

你看馬德里的陽光和藍天白雲！這是在 11 月的柏林看不到的～

奇怪形狀的樹

一位老太太幫我拍的照片～

浦澤直樹為西班牙巴塞隆拿漫畫節「MANGA BARCELONA」畫的 poster，好漂亮！

這裏是馬德里及整個西班牙所有公路的零公里起點處。走到這裏當然要打卡！

在馬德里欣賞了西班牙舞，雖然是山頂位，但也很享受感受到了舞者的熱情！

出事喇！一個人的古靈精怪狀況

事情發生在抵達葡萄牙波圖的第一天……
波圖是這旅程的最後一站，那時的我已經去完人人都稱十分多小偷的西班牙，一直安然無恙。
所以說只要小心點便可以嘛！
看看怎樣去hostel先……
我那時把銀包放在背包內的外層，因為方便出入車站拿出來……
在搭地鐵的途中，我發現背包沒有封好……
咦？我沒有封好嗎？
幸好發現得早！
真大意－
我想那時是有小偷開的……

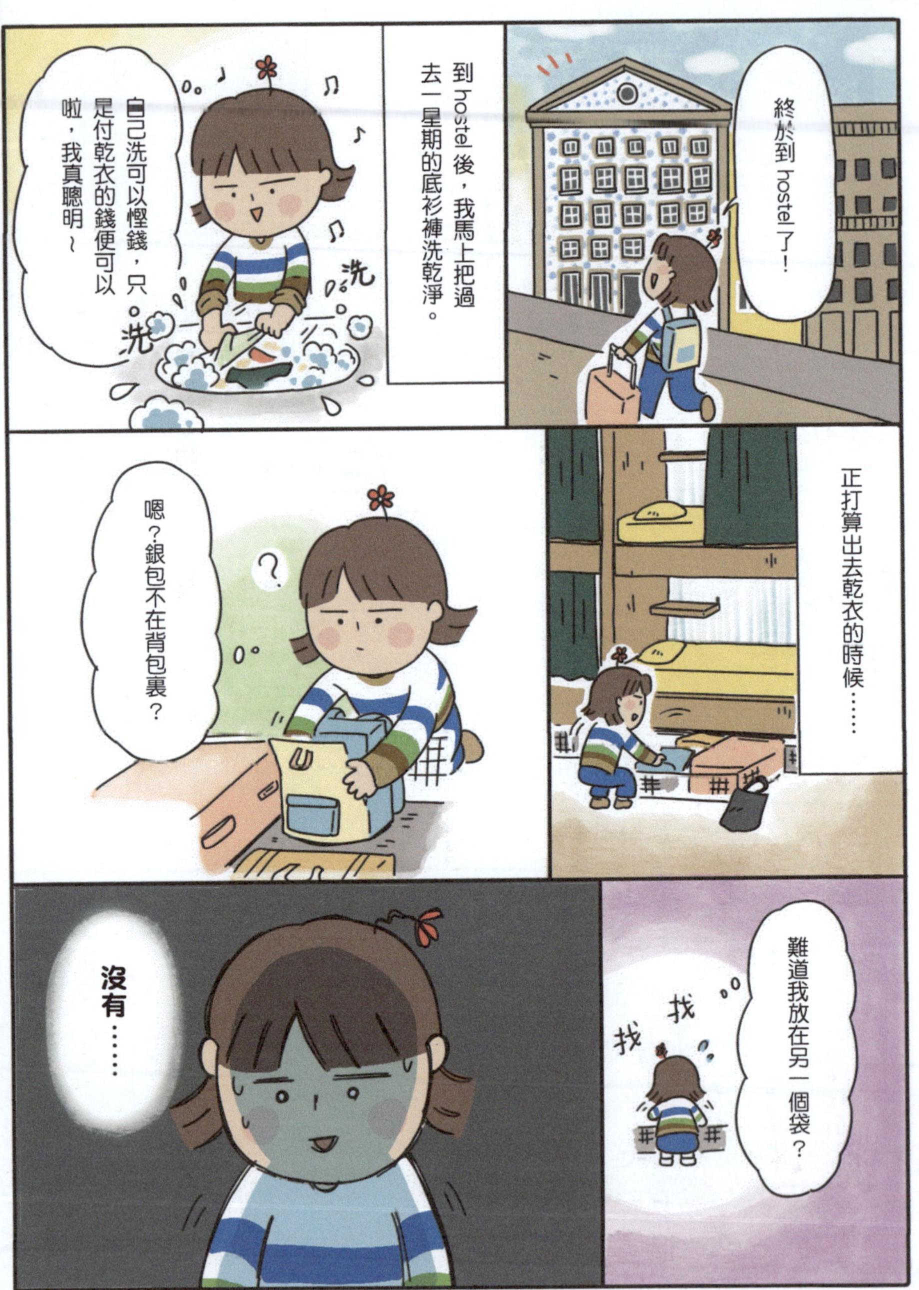
終於到 hostel 了！
到 hostel 後，我馬上把過去一星期的底衫褲洗乾淨。
自己洗可以慳錢，只是付乾衣的錢便可以啦，我真聰明～
洗
洗
正打算出去乾衣的時候……
嗯？銀包不在背包裏？
難道我放在另一個袋？
找
找
沒有……

不好意思……

reception

想問問有人撿到我的銀包嗎？我的銀包不見了……

沒有……

不如你去報警吧，附近有警署！

換了衣服

這袋內衣褲先放回去吧……

剛洗好的內衣褲

POLÍCIA

不好意思，我們幫不到你，你要去旅客專用的警署，你先 cut 你的信用卡吧！

竟然還有旅客專用的？

我建議你搭的士去，因為你搭地鐵要半小時，但是我怕他們快關門了……

但是我沒有錢呀，怎麼搭的士？

唯有馬上安裝 App call 車去吧……

按

按

慶幸我的 Apple Pay 還有另一張信用卡，所以我還可以 call 車。

不好意思……

手忙腳亂

他看到我很慌張，所以主動問我發生甚麼事……
I lost my wallet…
……
搭車大約十分鐘便到警署。
POLÍCIA
Good Luck！
Thank you！
希望順順利利……
喀吱
這個女生該不會也是被偷銀包吧……
Please wait until you are called
先在這等等吧～
你們可以進來了。
你好，請說說發生甚麼事？
我被偷銀包了……
入面有甚麼？價值多少？
三百蚊歐羅，一張信用卡和一張交通卡……
寫
寫
說實話……
cash
~300 euro
credit card x1
transport card x1

幫你找到銀包的機會很低，我可以做的只是落案寫成紀錄……
知道……
我也沒期望會找到……
嗯？
原來剛才那個女孩遺失了護照……
幸好我只是不見錢，不見護照多麻煩……
我還不是太差…
這時我聽到那邊的警察不停地通電話。
OK
OK
找到了！
吓？有人找到她的護照？
有人在機場撿到你的護照！
吓？
你現在快點去機場吧！失物認領部快關門了！
OK！
Thank you！
也太幸運了吧！？
會有奇蹟降臨在我身上嗎？

有人撿到一個銀包！
這個女生是不是不見銀包？
吓!?
小姐你可以再說多一次，你的銀包是甚麼樣了嗎？
黑色，正方形的，上面有貼紙！
奇蹟真的要出現了嗎！？
你銀包上有 Euro 的字嗎？
？沒有。
你看看這個銀包是不是你的……
神啊——!!
Euro
不是……
嗚……
這是你的報案紙，如果有人找到你的銀包，我會通知你的。
POLICIA
至少可以 claim 保險……
該做的事情都做好了……
滴答
嗯……好像有事情未做……
滴答
滴答

濕答答的內衣褲…
唉…
我還要去乾衣……
嘩啦
嘩啦
19:30
轟轟
轟轟
轟轟
cash only
這裏竟然只接受現金！
怎麼辦……
咦？
不好意思，
可以問你換歐元嗎？我的銀包畀人偷了……
我有一些港元…
我會不會很像一個騙子……
心虛…
你可以用ATM拿錢的，這裏有很多ATM……
對啊，也有這方法！

啊！
我去旅行前沒有開通海外提款！
嗚⋯
因為我想不到自己會遇到這種情況，認為需要歐元問妹妹換便可以⋯⋯
給你～
現在開通還來得及嗎？試試看吧～
按
ATM
嘩啦
嘩啦
不行⋯⋯
Fail
不行⋯⋯
ATM
不行⋯⋯
Fail
都不行！好怕它封鎖我唯一一張銀行卡！
啊——!!
放棄了，試試其他方法吧！
嘩啦
嘩啦
這裏會不會有接受信用卡的乾衣店？
卡icon
這個是插卡槽！太好了！

呼……終於可以乾衣了！
滴答
嘩啦
去看看吧……
嘩啦
怎麼辦……
居然是插會員卡的！？
Prepaid Card
停住
這個時候居然有乞丐！？
Give me some money please……

我沒有錢！我銀包被偷了！
緊張
你有呀！
（英文）
你的銀包在那裏！
吓!?
為甚麼我的銀包會放在這裏！一定是剛才太慌亂放在枱上！
我沒有錢！
只是五毫子也沒有？
我比你還窮呀！
真的沒有錢呀！
踏踏踏
呼
不好意思……
可以問你借現金嗎？我的銀包畀人偷了……
你要多少我直接給你吧！
那不好，我有一些港幣……如你願意的話想同你換！
好吧！
謝謝你！
希望我之後有機會去香港用～

太好了！遇到天使！

終於有現金了!!

轟

轟

轟

一番波折，終於完成了！

你還好嗎？

回來香港吧！

唉，這麼大個人還要讓人擔心……

為甚麼我會這麼不小心呢？如果我放好銀包就不會發生這些事……

當交學費，上了一堂吧！

銀包被偷後，我開始慢慢重拾旅行的心情……

我有去吃葡萄牙的美食……

遊船河

參觀酒莊

看音樂表演

小偷已經偷走了我的銀包，

不可以再偷走我的心情！

靈活變通

咕嚕肉

一個人吃不完，打包拿回家吧～

拿回 hostel 才發現沒有餐具……

沒有餐具怎麼食？

牙刷

將計就計吧……

吃

奇怪房客

用牙刷吃飯的現況～

葡式豬扒包（Bifanos），真的很好吃！

葡萄牙有名的沙甸魚，很適合我這個吃魚愛好者～

超豐富的葡萄牙海鮮飯，和西班牙的不一樣，這個是粥的質地， 不同風味但都鮮甜美味！

波圖獨有的重口味三文治，Francesinha 三文治，內含大量地道火腿、烤肉片或肉排、葡萄牙香腸，淋上一層由紅酒調製的特製醬汁，超邪惡！

在葡萄牙才會看到的葡撻 lego 模型！

Pastéis de Belém 百年葡撻創始店，元祖級葡撻很好吃，絕對要來一試！

里斯本城市內有着高高低低的山丘，去觀景台一定要走上上下下的樓梯，但欣賞到里斯本的美麗風景，累也是值得的！

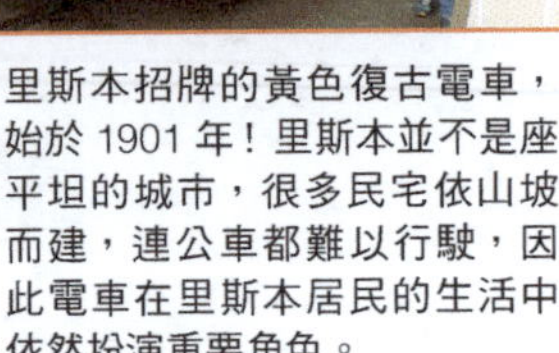

里斯本招牌的黃色復古電車，始於 1901 年！里斯本並不是座平坦的城市，很多民宅依山坡而建，連公車都難以行駛，因此電車在里斯本居民的生活中依然扮演重要角色。

卡爾莫修道院 Convento da Ordem do Carmo，在 1423 年落成，1755 年里斯本大地震，九級強度把里斯本毀於一旦，政府刻意不再將其重建，作為災難的見證，現在成為有味道的廢墟。

建於 19 世紀浪漫主義的佩納宮，有超鮮豔紅色、黃色等的繽紛色彩和各種風格的建築特色，融合在一起，加上藍天白雲，這裏宛如童話世界裏的城堡。在 1995 年佩納宮也入選成了世界遺產。

聖靈教堂 Chapel Of Souls，放在教堂入口處的小木桌上，有一份簡介說明：「外觀全部貼附藍色磁磚 Azulejos，總共 15947 塊磁磚」。

童話般～♡

佩納宮旁邊的摩爾人城堡，我那天穿了裙子去真的失策！因為這城堡是在山上，我估不到那天是要行山的……登山的過程會見到過去蓄水池或碉堡等設計，還有摩爾人住宅或中世紀基督徒墓地等考古遺蹟。

法朵（Fado）是葡萄牙著名的傳統音樂，以葡萄牙吉他作為伴奏，唱着描繪瑣碎日常的歌曲。聽不懂葡萄牙文也可感受到 Fado 的憂鬱情調。

波圖的海港，很有渡假風情～

在葡萄牙和西班牙買了超多紀念品！

在波圖有很多酒廠，縱使我不是一個酒愛好者，也要品酒體驗，參觀酒廠和品嚐出名的波圖酒。

Chapter 3

重新出發

重新出發！不再怕一個人

去完葡萄牙和西班牙後，下一站是英國，為期十六天。
TELEPHONE
一來到便下雨，果然是倫敦……
一開始我對倫敦沒有甚麼期望，因為……
倫敦十大罪：
• 很多扒手
• 經常下雨（那時間還很多人偷錢包）
• 劣食之都
• 物價很高
擔心
之前被人偷了銀包，這次我不可以再大意了……
我的銀包…
What are you going to do this weekend?
WE'RE BLACK FRIDAY
40% OFF
EVERYTHING
Fresh SKIMMED MILK
Fresh WHOLE MILK
全都是英文，都看得懂！
MAMA MIA
THE LION KING
原來語言是這麼重要，見到英文有一種安心感～
吃了幾餐便感受到倫敦的物價……
炸魚薯條
£20
但是真的挺貴，長此這樣吃可不行……
流心蛋
All-Day Breakfast
£21
之後要省錢，不可以再吃這麼貴！
\嗶/
省錢計劃開始!!

為了省錢，之後我經常在 hostel 煮飯……
熱鬧
很多人……看來大家都想省錢……
煮
豐富～
約£7
這樣營養均衡又抵食，
又可以試試英國產的食材！
吃
吃
英國產的莓果和蘑菇都很好吃！
香
之後有朋友介紹我去英國「大家樂」Wetherspoon～
這裏好吃而且便宜，CP 值超高！
WETHERSPOON
好多選擇！之後不想煮可以來這間～
burgers
pizzas
之後我在倫敦又試了很多美食……
這些改變了我對於倫敦被稱為劣食之都的刻板印象。
好吃～
我也很喜歡逛倫敦的書店，因為有很多英文書！
WATERSTONES
有好多款兒童插畫書！
很多種類

好靚！
英國的童書插畫全都很漂亮，多款式，再加上我看得懂，很多都想買回家！
會不會買太多呢？
亂
咇
不要想了，這些都值得收藏！
咦？
好多哈利波特紀念品！
我小時候很喜歡看哈利波特，是我的第一本外國小說～
HARRY POTTER
還有魔戒！對啊，英國有這兩個很出名的作品……
LORD OF THE RINGS
魔戒也是我很喜歡的電影！
倫敦在聖誕時特別有夢幻的氣氛！
好漂亮！
Merry Christmas

還有我去看了音樂劇《歌聲魅影》~

PHANTOM
OF THE OPERA

竟然有吊燈吊上去！

啪

霹靂啪啦

啪

哇！

划船的效果做得好真！

走

走

跳

他真的跳下去了！

太厲害了！原來舞台可以這樣玩！

看到目瞪口呆

因為各種英國文化體驗，我漸漸地喜歡上倫敦……

英國皇室很帥！

英倫的設計又可愛~

JellyCat

買不停手！

倫敦的博物館是免費看的，很合我心意！
博物館是一人旅行最好逛的地方！
知識的寶庫！
大英博物館很大，館內有八百多萬件藏品，所以一開始要花點時間研究地圖。
MAP
從哪開始……
終於可以見識到當時大英帝國的厲害！
期待～
太多展品了，不可能一天逛完……
走
走
超多古蹟——
公元前390年
公元前447年
我逛了很多博物館，有國家美術館、國家自然博物館……
其中最愛的是V&A美術館，因為它是我其中一套喜歡的電影取景地！
Red, White & Royal Blue
他們是在這裏跳舞的！打卡先！
這個位置!!

啪嚓!!

V&A 博物館收藏品領域廣泛，有很多文物複製品……

超高!!

還有人在這裏畫畫，是因為免費吧！這裏超多雕像可以畫！

畫 畫

倫敦之旅很不錯！

買到很多手信~

也沒有被偷東西！

成功!!

叮！

Email?

你成功 claim 到保險，會轉賬 HKD 2000 給你。

哇！

我的運氣還在！

太好了！

倫敦之旅給了我美好的回憶~

Yeah！

倫敦有很多音樂劇看！其實我好
多都很有興趣～但最後我選擇了
Phantom of Opera ！
Harry Potter
AND THE CURSED CHILD
利波特音樂劇
倫敦唐人街，想吃中餐
可以來這裏！
中國太平
被英國插圖和
設計迷倒了！
可愛！
一人去聖誕主題公園
有甚麼好怕？我還自
己一個玩鬼屋～（不
過很普通）！
JellyCat 超可愛！

也太貴了一!!
誰說倫敦沒有美食？
好吃
英國美食代表
All day breakfast，
Fish and Chips
美味的熱壓三文治
外國的三餸飯
自己煮又得
因為逛了 Notting Hill，
對這電影有了興趣，之
後有機會要看！
Notting Hill
Julia Roberts Hugh Grant
Notting Hill
Alex 和 Henry
在這裏跳舞的！

探望朋友：移民的勇氣

在倫敦玩了一星期後，我便出發去探望朋友，之後會再去不同的城市。在英國繞一個圈之後最後回到倫敦。
⑥ York
⑦ Cambridge
⑤ Leeds
④ Manchester
③ Liverpool
② Nuneaton
① London
York
Leeds
Liverpool
Manchester
Nuneaton
Cambridge
London
倫敦到 Nuneaton 要搭兩小時左右……
Nuneaton
好大風！
呼
呼
呼
好久不見！
A先生
P小姐
朋友移民英國幾年，這是我第一次去探望他們……
你來得不是時候，這幾天會打颱風！
呼
呼
呼
幸好有他們接我！
放下行李後，我們去伯明翰逛逛吧！
超塞車！因為大家都想在打風前去商場購物！
呼
呼
這裏的風景好像香港，好有熟悉的感覺！
對啊，看着這些就會發覺原來香港跟英國那麼像！

這商場也很像香港！
熱鬧
熱鬧
我們不時會來shopping！
這邊很多東西都買得到！
因為蛇年臨近，Jellycat有很多蛇和新年相關的公仔！
好可愛～
晚餐我們去茶餐廳吃好不好？
好呀！
好熟悉的Menu！
嗚
三杯雞煲
豉椒牛肉炒麵
香噴噴
香噴噴
凍檸茶
咖哩牛腩
好好吃！味道也很正宗！
就是這種味道!!
是吧！這家是香港人開的！
我們掛住香港的時候，都可以來這裏回味香港的味道！
挺好的！
現在我們剛剛搬進新屋，開始認識鄰居，之後會約朋友來我們家玩！
聽起來過得不錯呀！

你睡這間房，有甚麼需要找我～
好呀，謝謝你！
在朋友家睡覺特別安心……
第二天，他們安排了整天的時間帶我去玩～
我們去吃早餐吧，再和你去看展覽！
這個品牌香港沒有的！
Tim Horton!
好吃！
他們已經去過這梵高展覽，但還是照跟我一起來。
VAN GOGH
THE IMMERSIVE EXPERIENCE
你試試這個沉浸式體驗！
我看過！超棒！
好呀！
飄
嘩！好像進入了畫的世界！
哇——
梵高的世界很漂亮！
對吧！

他們知道我很掛念香港的味道，還帶我去飲茶……
哇！
好久沒吃點心！
蝦腸粉
蟹籽燒賣
菜苗餃
蝦餃
好好吃！
好掛念
這間的點心都是香港師傅做的～
我在他們家得到很好的照顧～
要幫忙嗎？
不用呀！你看電視等就好囉！
他們的家又大又舒服，真好～
好羨慕……
不過移民要付出好多，這些都得來不易～
吃飯喇！
之後你還會去哪？
Liverpool，York，Leeds，劍橋……
哇，這些都未去過……
這幾天我體會到居住英國的生活，讓我在旅行中好好休息。
香港或英國見！
我也重新有了旅行的力量！
能量滿滿!!

求學的勇氣

我去劍橋探望一個在劍橋大學留學的朋友。
終於來到這個世界一流學府了！
這些都是聰明的孩子嗎？
Hello～
聰明的孩子
很高興你來探我！
Z小姐
神學博士生
快點吃東西吧！
這位是屋主J小姐～
你好！謝謝你招待我！
我是個退休人士，以前在大學教書，現在於英國置業移民～
之前只有我一個人住很悶，現在有Z小姐跟我談話好多了！
我現在有時會接些翻譯的工作，其他時間很悠閒，可以煲劇～
現在真的享受人生！
而且她很潮的，你看她會染髮，還會追劇靚仔！
如果我退休也是這樣便好了，有自己的屋，隨意做自己喜歡的事！

我們休息一會後，趁還有陽光，我們去逛劍橋大學～
我們很幸運，今天天氣好好！
我們走學生專用通道～
好有VIP的感覺！
一般遊客
Z小姐以留學生的身份帶我周圍逛，讓我看到了一般人看不到的景色，還說了好多劍橋大學的歷史。
這就是有名的劍河！劍橋的名就是從這而來！
劍河
River Cam
有這個大草地，在這裏讀書一定很舒服！
對呀，開學的時候有很多學生在這裏休息～
如果我讀書有這片草地，一定會好好用功！
環境很重要
國王學院有不少畢業生後來成為了總統、總理、主教和作家！
徐志摩很喜歡劍橋，還三次遊歷劍橋！
輕輕的我走了
正如我輕輕的
我揮一揮衣袖
不帶走一片雲
《再別康橋》

但他從來沒有來讀書，他只是來遊學～
原來如此～
哈哈～
反而金庸真的有來讀書！這裏還有紀念碑，但不多人知道～
金庸紀念碑
他在八十六歲高齡獲得博士學位！
哇！真佩服他這個年紀還有求學的心！
劍橋大學有三十一個成員學院，入讀需要通過大學和學院的面試，每個學院都有不同特色！
詳細介紹～
我們再行其他學院～
My guest!
三一學院是劍橋大學中規模最大、財力最雄厚的！
這裏每個學院都有代表的顏色，我們可以去商店買自己所屬的頸巾和畢業袍！
現在想起其實中大也是沿用學院制，哈利波特也是！
對呀！哈利波特也是學院制！
粉紅的天空～
天空粉紅粉紫的，好漂亮！

我本來都很猶豫要不要來讀書，因為我也三十多歲，不年輕了……
而且劍橋的學費又貴！負擔很大……
對啊，在外國求學真的要付出很多，時間，金錢……
但是我覺得要趁自己還有心有力去求學，未來的事情很難講，之後可能想做也沒機會了！
對呀，不做之後會後悔！
我明白Z小姐，人大了，責任愈大，追夢的成本愈大。
所以要把握時間，活在當下！
幸好你來探我，我假期留在這裏很悶，今天還拍了很多照片，好開心！
我今天也玩得好開心！謝謝你！
晚安～
因為有N小姐帶着我走，我在劍橋深深感受到了當地的學習文化氣息～
希望我老了之後也有求學精神，活到老學到老！

每次遇到好天氣都很感恩，很幸運在劍橋的時候天氣很好，讓我看到劍橋由藍天到日落的美麗景色！

朋友煮的大餐，聽說移民外國後，廚藝會大增，原來是真的！

在外國旅遊特別感受到吃到家鄉味道的珍貴

走進了梵高的房間～

原來檸檬茶是這麼好喝！咖哩魚蛋是這麼好吃！這就是久違的家鄉味道嗎？

我在 Leeds 遇到香港街！它是在 Kirkgate Market 幾間香港小店合作搞的宣傳活動，搞手真的很有心，他說希望本地人更加認識香港。我在不同的小店蓋印章，跟不同的香港店主打招呼談天，感覺他們在這裏生活都很開心和很團結！

搞手設計的 postcard 超可愛！

超難吃的 York Pudding，吃到有一顆東西難吃到令我太震驚，忍不住立刻 DM 在英國的朋友問這究竟是甚麼……

這是我在 Leeds 住的 Hostel。超高的三層床，而我是住最高一層，有種居高臨下的感覺！而且這是一間男女混住的 Hostel，第一次和男生們住同一間房間，晚上的鼻鼾聲此起彼落，很像交響曲，幸好我有帶耳塞……

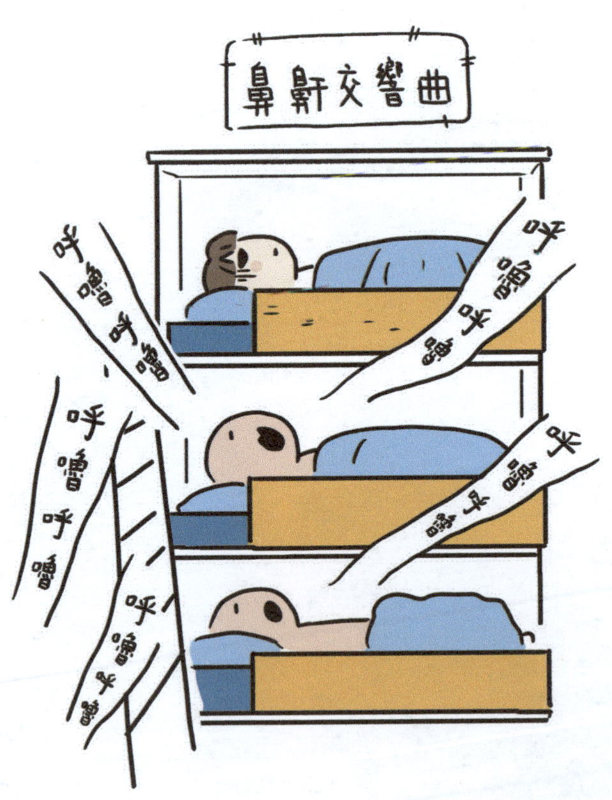

鼻鼾交響曲
呼嚕呼嚕
呼嚕呼嚕
呼嚕呼嚕
呼嚕呼嚕
呼嚕呼嚕

Chapter 4

回到舒適圈

回到舒適圈——和德國人過聖誕

你們看看這個！超長的熱狗！
長～
朋友A小姐
這是我吃過最好吃的意大利粉！
吃不停口!!
白汁長通粉
之前我逛聖誕市集都不敢買這個，因為只有我一個人吃不完！
終於吃到了!
churros
我的聖誕市集食物清單又多一款了！
寫
寫
不同城市的聖誕市集都有它自己的聖誕馬克杯，會有人為了收集而去不同的市集呢～
紐倫堡 version
BERGER CH
大家一起吃好溫馨！
吃
吃
吃
這裏真的很多人……你們還有東西買嗎？
夠喇！好飽好滿足！
大家吃飽的話，出發去我們家吧！
Go!
Kitzingen

歡迎光臨！這是我們的家～
客廳
這是我女兒年輕時候喜歡看的DVD和書本～
這是我們參加野外定向的地圖。
還有和寄宿學生們的照片……
這間房間有兩道門，和客廳、走廊互通好有趣！
這樣走
好溫馨的家！
第二天早上
Guten Morgen！（早晨）
果汁
咖啡
果醬sss
水果
各款火腿+芝士
雞蛋
各款麵包
好豐富的早餐！
先吃蛋～
敲敲
啊！
這個雞蛋有點水水的，是不是煮不夠熟？
不是啦，因為德國人不是這樣吃的！
那是怎樣吃？
先要一隻匙羹……

圍着雞蛋的頂部敲一圈，
敲
開
然後把頂拿起，用匙羹吃裏面的蛋～
這個吃法好像吃布丁一樣！
這對夫婦很親切，感覺像嫲嫲爺爺，和他們談天了解到很多他們的事情……
他們喜歡野外定向，還會參加比賽，甚至來過香港比賽。
香港很漂亮！有很多山可以爬，在山上還可以看到高樓大廈！
所以他們很愛大自然，散步時會主動去撿路上的垃圾去丟掉……
丟
我們以前是住東德的，你們知道以前德國分東西德嗎？
是不是將德國分開一半？
不是呀，其實東德只有約三分之一的範圍～
Germany
Berlin
柏林是比較特別的，縱使它的地理位置是在東德裏，柏林再分開為西和東柏林。
柏林
法國區
蘇聯區
英國區
West
East
美國區

年輕的我是對於自己住在貧窮的東德沒有甚麼感覺，因為不知道外面的世界是怎樣……
當時我們只能去德國東邊的國家旅行，例如捷克和匈牙利……
統一後，我馬上駕車去德國其他地方旅行！
那時才見識到，西德原來很富有和自由！
對！
大家聽到收音機的消息，都以為圍牆倒下，紛紛走去柏林圍牆……
當時太多人去圍牆了，軍人們也無法招架！
人們便順利成章跨過圍牆～
好難想像當時人們興奮的心情！
聽得津津有味
晚上，這對夫婦的女兒和女婿也過來跟我們一起吃聖誕大餐。
Katrin X'mas Menu
·前菜 洋葱湯
·主菜 烤雞腿 + 薯仔.蘿蔔.酸菜.沙律菜
·甜品 雪糕配紅莓醬
烤雞腿
洋葱湯
煮薯仔
紅蘿蔔片

我們把需要的分量放在自己碟上……
組合完成！
我開動了！
好好吃！
太好吃了！
吃
吃
吃
然後是甜品時間～
好大的雪糕！
切
攪
雲呢拿雪糕配上酸甜的果醬，超配的！
淋上——
好吃！
這個雪糕和果醬也是我煮的哦！
好厲害！
這些菜式是怎麼弄的？好想回到香港也嘗試！
我是看這本食譜的～
Für jeden Ta
365 Rezepte
我也是看媽媽的這本來煮菜！
嘩！很多頁都有寫筆記！
你們可以拍下食譜，我女兒也是這樣做。
咔嚓

晚飯過後，喝了點酒談天後便到了送禮物時間……
Merry Christmas!
Merry Christmas～
Wow!
這是我的手作肥皂，還有曲奇！我寫了肥皂的材料～
太有心了！
這是一些花的種子，我已把種的方法寫在包裝上！
謝謝你！
這張是有這座城市相片的明信片～
我也焗了一些曲奇！
都是自己手作的禮物，好溫馨！
我們也準備了聖誕禮物！
Merry Christmas!
Merry Christmas!
溫馨～
這是我第一次和德國人過聖誕，十分開心溫暖！

超多選擇的早餐

大家都幫忙準備聖誕大餐

Katrin 的自製糕點

豐富的聖誕大餐

大家都收到聖誕禮物，很開心！

自製雲呢拿雪糕蛋糕

可愛的木製聖誕裝飾

自製 Mulled wine

回到舒適圈——過中式聖誕

之後我們去羅騰堡探望親戚，上一次是和父母一起來，已經是五年前的事情了……舅父載我們去他的餐廳～
舅父的餐廳
可看我上一本作品《和父母一起去旅行》
坐車很久吧？肚餓了嗎？
好久不見！舅母表弟你好嗎？
今晚我會準備聖誕大餐，你們好好休息！
好久不見！
斌舅父
舅母
表姐你好！
18歲
表弟阿康
13歲
嘩！你已經這麼高大了，五年前還是一個小男孩……
哥哥要上班，今晚會見到他～
表弟阿成
好久不見！怎麼你又來了？
這是阿康焗好的麵包，隨便吃吧！
表弟阿俊（另一個舅父的兒子）
第一次見到舅父的孫女和孫仔，好可愛！
表嫂你好！第一次見！

好熱鬧！好有過年的感覺！
熱鬧～
你家好多親戚，我要點時間記一記他們的名字……
跑來跑去──
羅騰堡到處都是聖誕裝飾，很有節日氣氛！
我們逛了聖誕市集，還嘗了羅騰堡的名物雪球～
16人晚餐！
開飯！
主廚：斌舅父
盡情吃吧，不要客氣！
三文魚刺身
薯仔炆羊肉
西芹炒帶子
避風塘炒蝦
這裏白飯任裝，哈哈！
好多餸菜！舅父好厲害！
厲害甚麼！吃飽一點！
飲品隨便在雪櫃拿～
水吧
吃
吃
吃
舅父，餐廳生意好嗎？
我餐廳的生意在聖誕特別好！
因為有很多旅行團來羅騰堡參觀，而且其他餐廳都會在聖誕期間關門，
如果這時候開門，大家都過來吃飯！
怎麼停手了？快點吃──!!

好飽！
嘩啦～
嘩啦～
過年當然是要打麻雀！
嘩啦～
真的好像過年！
嘩啦～
反而農曆新年我們不會慶祝，因為親戚都在香港～
原來如此～
不知街上會不會聽到我們打麻雀的聲音……
麻雀聲
China Restaurant Peking
應該會吧～出面那麼靜……
舅父工作完了！和你們一起打麻雀吧！
好呀！
這兩天我們都在打麻雀和玩遊戲渡過……
好像明白了為甚麼大人過年這麼愛打麻雀……
這麼多人一起住在一間屋，就會發生一些爆笑的事情……
好像不太見表弟阿康？
他肚子不舒服睡在我的床……
早晨！
這個廁所有人用了，你去二樓用表弟的廁所吧！
嗦

喀嚓
等等表弟！我在用廁所！
What!?
原來這個門沒有鎖！
表弟的房
這門
廁所
走廊
正門
我很不舒服，好想嘔……
甚麼！？
得得得！我馬上出去！
迅速
拉上
忍
忍
對不起……
不要緊，你慢慢！
嘔
嘔
啪
剛才好像聽到你表弟的聲音……
對，你沒有聽錯……
幸好我沒有進去！哈哈！
哈哈～
哈…
之後我們去探望另一個舅父，他也是開中餐廳～
China Imbiss Mei Hao
美好家园

東舅父煮很多菜式招呼我們……
這個湯好足料！
好吃！
吃完飯，可以去附近走走！
東舅父的餐廳是在住宅區，所以聖誕的時候就比較靜～
呼
表弟阿文
這是我和阿俊讀的學校～現在放假所以沒有人……
雖然這裏的店舖都關門了，但享受下寧靜也挺好！
舅父家養的龜
鋤大Dee中～
哈哈！喝酒！
這是我特地買的卡牌遊戲，知道你們喜歡玩～
好玩！我可以躺着玩嗎？
哈哈你喝醉了嗎！

我們吃大餐，玩遊戲……就這樣和親戚們渡過了美好的三日兩夜。
舅父早晨～
吃早餐喇！
收拾好行李嗎？
收拾好了！
你記得回去好好照顧你媽媽……
知道！
你都是在柏林吧？下年聖誕也過來吧～
歡迎朋友再來玩！
這是我準備好的飯菜，給你們帶去柏林！
好多盒！
超多食物～!!
枝竹炆羊腩，冬菇炆牛腩……
放在冰箱可以放很久！
真的是滿滿的心意！
再見！下年見！
我體驗到中式和西式的聖誕，十分開心！
這幾天我都吃得好飽，好像沒有一刻是肚餓的……
脹
我也是……
聖誕探親之旅就這樣完結了～
我明天不想上班！
呵
呵
無業人士

舅父自製年糕

兩位舅父都是中餐館廚師，所以每次探望他們都有大餐吃！

過年 feel 的
中式聖誕節

每次來到其實景色建築都是一樣，但都覺得這裏的風景很美麗！

認真玩遊戲的 3 位表弟

醉了的我～

過年啦當然是要打麻雀！

第一次見的表姪女很可愛！

暖
Mulled wine
令朋友驚嘆
的白汁意粉
匈牙利食物 Langos
芝士
+
酸忌廉
甜
豆湯
匈牙利食物 Langos
淋上洋蔥醬汁
的超長熱狗
美味!
聖誕市集
美食特輯
拉絲芝士 toast
Lego 版德國傳統服飾

昨晚那個是你
還是另一個姐姐？

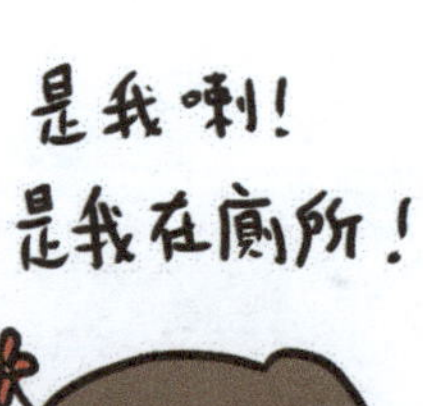
是我喇！
是我在廁所！

Chapter 5

兩個人的勇氣

兩個人的勇氣 pt1

我和朋友A小姐出發去意大利旅行，為期九日。
旅伴A小姐
我們的行程是在柏林出發到拿坡里，再上去羅馬、佛羅倫斯，最後到威尼斯。
③佛羅倫斯
Florence
④威尼斯
Venice
②羅馬
Rome
①拿坡里
Naples
9日 Trip
有去過意大利的朋友說這行程不錯。
你們可以見識意大利由窮到貴的一面！
Tony
原來如此！
不過旅行前我很擔心意大利的治安問題，
怕了小偷！
還有會否和朋友旅行吵架……
最怕吵架！
不要怕，我們要互相幫忙！
好！
拿坡里第一天
擔心到失眠
夜了，我怕有危險，我們call車去酒店吧！
污糟

這裏的感覺很污糟，落後……
對……
……
……
盯著 Google Map
酒店附近也有很多無所事事的人！
我們之後幾天也不要太晚回酒店！
好！
第二天
我們參加了一個本地美食團，介紹拿坡里的街頭小食。
這是馬格利特Pizza！
哇！
Pizza Napolitana
熱騰騰的，好好吃！
Haha!
外皮薄又煙韌！
我們吃了好多款街頭美食！
Frittatina di Pasta
蕃茄芝士餡
Pizza Fritta
Gelato
Rum Baba
Taralli, Mozzarella, olives, hams, Sun-dried tomatos

這個美食團真的很豐富……
對，好飽……
我們食飽後，去城堡散步！
Castel Sant' Elmo
食飽後去散一散步真不錯～
這裏可以看到整個拿坡里的景色！
可惜天氣不好，天空灰濛濛……
你幫我拍照好嗎？
喀嚓
你這個角度不行呀！
你看我這樣拍……
喀嚓
要這樣呀！
有趣，是以景色為重點，人物是在旁邊……
果然大家看的角度都不同……
我覺得和A小姐旅行，發掘到她的另一面……
例如飲食
你吃沙拉菜不用醬汁嗎？
不用啦！

好像薯片這樣吃……
咬咬
我也試試先！
咔吱
也試試這樣吃～
買薯片！這幾款口味都想試！
這個～
這個
以前都不知道她這麼愛吃薯片……
還有她警覺性很高。
等等！
出門前先把重要的東西鎖在行李箱裏！
好呀！
咔
掛「不要打擾」的牌，不要讓其他人進來！
掛
Do Not Disturb
密碼是甚麼……
4，7……
你細聲一點！會被人聽見的！
她真的很小心……
嗯…
還是我太過輕鬆？所以之前才被偷銀包……
跟我好不同！

第三天我們去了龐貝古城。
Pompei
去龐貝古城的火車和火車站都比我們想像中破舊。
明明是世界文化遺產……
你好，我們想借語音導航。
麻煩請出示你的護照～
好～
audioguide
塞
龐貝位於拿坡里灣維蘇威火山腳下，於公元七九年遭遇火山噴發而遭火山灰覆蓋。
龐貝被掩蓋在六米多深的火山灰下至一五九五年因開闢地下水道被發現。
透過對龐貝的挖掘，歷史學家和考古學家了解到許多一世紀羅馬人的生活情況。
這裏保留了當時的原貌，我們好像搭了時光機回到一世紀！
連石板路都保留至今，路好難走！
原來當時的有錢人是住這樣的屋……
底部寫着：內有惡犬。
CAVE C AN

我們見識到當時龐貝的各種設施。
餐廳
歌劇院
麵包廠
當時的生活真的很多姿多彩！
嘆為觀止！
還看到當時瞬間被火山灰掩蓋的逃亡者們。
我們在龐貝走了近六小時……
很累了～差不多回去吧，待回去歸還語音導航吧！
謝謝，語音導航還給你～
休息～
audioguid
小姐等等！
你的護照！
吓!?
……謝謝
我竟然不知道他keep了我的護照……
呀！一開始叫我給他護照沒有還給我，原來是抵押！
如夢初醒

你也太不小心了……
對，我也很意外……
逛完龐貝古城後，我們便回到拿坡里吃晚餐了。
很快便到~
……
晚飯後我們回到酒店……
那個，我想說……
你好像沒有「我們」在旅行的意識……
嗯…
嗯？
為甚麼這樣說？
因為你在外面都沒有跟着我一起走……
你一個勁地往前走，好像都沒有顧我……
哦……剛才是一個在前，一個在後地走……
想不到她會有這樣的感覺……
我不是故意的……
慌張
我只是覺得快點到目的地會好一點，因為我知道你會怕街上的人，路又窄，所以才走快點……

但就是因為危險，想我們一起走……
對不起，我沒有注意到……
不要道歉啦！我只是想讓你知道我的想法，你搞到我也想哭……
嗚……
也是，現在兩個人旅行了，我們要互相照顧對方……
明白～我會注意的！
我說出來好多了，我不想把這想法收在心裏……
謝謝你告訴我！
其實我自己很多時太粗心大意，你辛苦了哈哈……
不會，反而有時我太緊張，沒有好好享受旅行……
我覺得和同伴旅行的習慣不同，有時就是要溝通磨合。
傾往事mode開啟……
與其把自己的想法收藏，不如坦誠地與對方分享～
要十分鐘內吃完OK嗎？
可以！
想法一致後，更能享受之後的旅程！
要趕火車跑呀！
跑呀！

兩個人的勇氣 pt2

羅馬是一座有二千年歷史的古城。
羅馬景點很多，我們都想去，所以我們一致認同盡量走多一點路。辛苦一點也想盡量去齊這些景點。
全都超過一千年歷史!!
羅馬競技場
許願池
萬神殿
我們只有三天，行程會好緊密……
我們走快點！
好！
羅馬許願池
轉角突然發現！
傳說中投入一枚硬幣，旅人將再次回到羅馬；投入兩枚會有新戀情或工作順利；投入三枚可擁有美好婚姻。
再次回到羅馬做甚麼？
我今年要結婚！
3枚
你首先要找男朋友……
拋
直接結婚！
我也許了願……
拋
祝新書大賣！
噗通
好！下一個景點！
好！

羅馬的景點都令我們嘆為觀止！
羅馬競技場
納沃納廣場
全部都歷史悠久……
西班牙廣場
那天我們行了近三萬步……
第二天我們去了梵蒂岡博物館，有很多個世紀以來羅馬天主教會收集的藏品。
超美!!
附近的西斯汀小堂是教宗選舉的舉行地！
最後的審判
整個房間就是藝術品……
是怎樣畫的？
好癲！
要這樣看才行！
因為連天花板都有藝術品。
抖
抖
聖彼得大教堂，世界上最大的教堂！
好幸運，我們不用排隊便可以進去！
哇！太靚了！
好多壁畫和雕刻！都是文藝復興大師的作品！
金碧輝煌～
聖彼得大教堂完全感受到天主教會的偉大和金錢的力量……
閃閃發光
太有錢了吧……
頸痛

除了羅馬外，佛羅倫斯的景點也非常厲害，它是文藝復興的中心……
百花大教堂
我們試試百花大教堂登頂好不好？
好呀！
要走四百多步……
呼～
加油！
佛羅倫斯的全景！好漂亮！
原來走四百多步也不很難！
對！幸好有來！
如果不是朋友建議我想我不會走這麼高……
我們要不要去看真的大衛像？
走吧！難得來到佛羅倫斯～
學院美術館
是真的！
你看看這些血管和肌肉，做得很逼真！
細緻～
果然是真跡～米開朗基羅太厲害了！
真的！

我們之後又去了米開朗基羅廣場。
我們坐在這裏休息一會吧！
在這裏看日落很寫意～
悠閒～
我們之後在佛羅倫斯認識了新朋友，她是哥斯達黎加人，來探望男朋友的～
我們相約一起吃牛扒，分享旅遊經歷……
嗞
嗞
好大份！
你們二人吃了甚麼美食？
有很多！我們都很喜歡意大利食物！
Affogato
青醬意粉
我們推介這些！
海鮮意粉
黑松露意大利餃
Chin Chin!
這是甚麼意思？
?
這是意大利人乾杯的意思！
Chin Chin!
我覺得兩個人一起特別有膽量去認識新朋友～

我們意大利最後一站是去威尼斯。
哇～
威尼斯是名副其實的浪漫之都！
嗚——
我想寄明信片要時間寫一寫。
可以呀！
那我去逛逛～
買甚麼好呢？
唉，我寄不到……
原來我今天買的郵票要在特定的郵箱才可以寄……
這間店可以代寄明信片，你試試看！
post here
唉
那邊～
真的嗎！
post
就是這個！你救了我！
也太誇張～
威尼斯好漂亮！好適合渡假來～
你看看天空，可以看到很多星星！
那個是問號星群，那個是……
你知道真多！
因為之前有參加過觀星營～
那是火星！
我覺得兩個人去旅行，就是可以發掘不同的新角度和事物……
哇～

有些可能是沒興趣的，
也可以試試～
這個～
猶疑
但你會因為這樣看到新的風景，
和試到新的味道～
好吃～
我們這個意大利之旅沒有被偷東西！
Yeah！安全！
啪
話說……
嗖
嗖
我有東西送給你……
吓！
?
小小心意～
為甚麼？
哈哈
手鏈
謝謝你在這旅行一直照顧我……
甚麼啊！
你想搞喊我啊！？
害羞
激動
不用那麼客氣喇！小小心意而已！
意大利的九天二人旅行就這樣完滿結束～

風景

有一天早上，在羅馬的酒店……

天氣真好~

開

嚇、

嚇、

幹甚麼？

我剛剛看到一個男人的裸體……

關

目標

朋友在意大利旅行有一個目標：

我要和靚仔自拍！

可是她一直都找不到，最後找了靚女……

我可以和你合照嗎？我覺得你的笑容很漂亮！

不可以，對不起！

拒絕！

OK……

嗚…

要撐住！加油！

意大利製

羅馬
意大利製造皮袋都是四十歐元而已！

就買這個吧！
我的第一個意大利皮袋！

佛羅倫斯皮革市場
怎麼這裏像是女人街～

這個好像我買的袋……
走吧！
便宜貨？

都一樣

這是我們的檸檬酒，可以試試！

在香港 Cheers 是怎麼說的？

飲杯！
乾杯！

為甚麼是不一樣？
是飲杯！
是乾杯！

美味！
辣汁海鮮意粉
青醬意粉
Napolian Pizza
Tiramisu
白汁長通粉
我愛意大利菜！
黑松露通粉
T-bone 牛扒
愛的造型~
濃~
可愛~
在佛羅倫斯認
識的新朋友
Affogato

和名畫雅典學院 selfie～

拉斐爾把自己的樣子畫在畫像《雅典學院》當簽名！

萬神殿～

龐貝古城的貓貓們

黃昏的龐貝古城，好有 feel!

佛羅倫斯的阿諾河

佛羅倫斯熟食市場有豬扒包試食，老闆直接將豬扒包放在我手上，分量很大方，非常豪邁！

佛羅倫斯百花大教堂的拱頂是有史以來最大的磚造穹頂，也是佛羅倫斯人的驕傲！今天專家學者還摸不着頭腦當時如何建造，只能推測。我們可以登上這拱頂也很驕傲！

感謝我的旅伴 A 小姐，整個旅程她幫助找路，又很細心，有她在我很放心！

威尼斯的景色果然名不虛傳，充滿浪漫氣氛！

Chapter 6

接受新衝擊

裸體有甚麼好怕？

有一天在柏林，只有我和小丫在家，所以我在想要怎樣過這個週末……
玩甚麼好呢？
苦惱
不如去焗桑拿！
好呀！
之前聽朋友說柏林有男女共浴的焗桑拿，而且要全身赤裸的！一直好想體驗！
你真的可以嗎？要全裸啊！
人一世物一世，怎樣也要試試！怕甚麼！
當天晚上……
記得帶毛巾~
執拾
執拾
小丫之前去過，所以由她帶我去。
這是我們的裝備，不用帶很多……
洗髮水
拖鞋
內衣
毛巾
浴袍就在那裏租吧！
出發！
好！
好冷~
那間桑拿是在住宅區附近一個不起眼的地方。

我們去到時，現場已經有十多人在門口排隊
哇～
熱鬧
想不到這麼寒冷還有人來！
我已經預定了，所以不用排隊！
好細心呀！
我們去到前台登記，職員給我們各一隻錶。
你們是第一次來嗎？
我以前來過！
這隻錶是用來記錄我們在裏面的消費……
很先進！
這個號碼是甚麼意思？
不知道……
之後我們通過一條長長的走廊，到達桑拿區的主場……

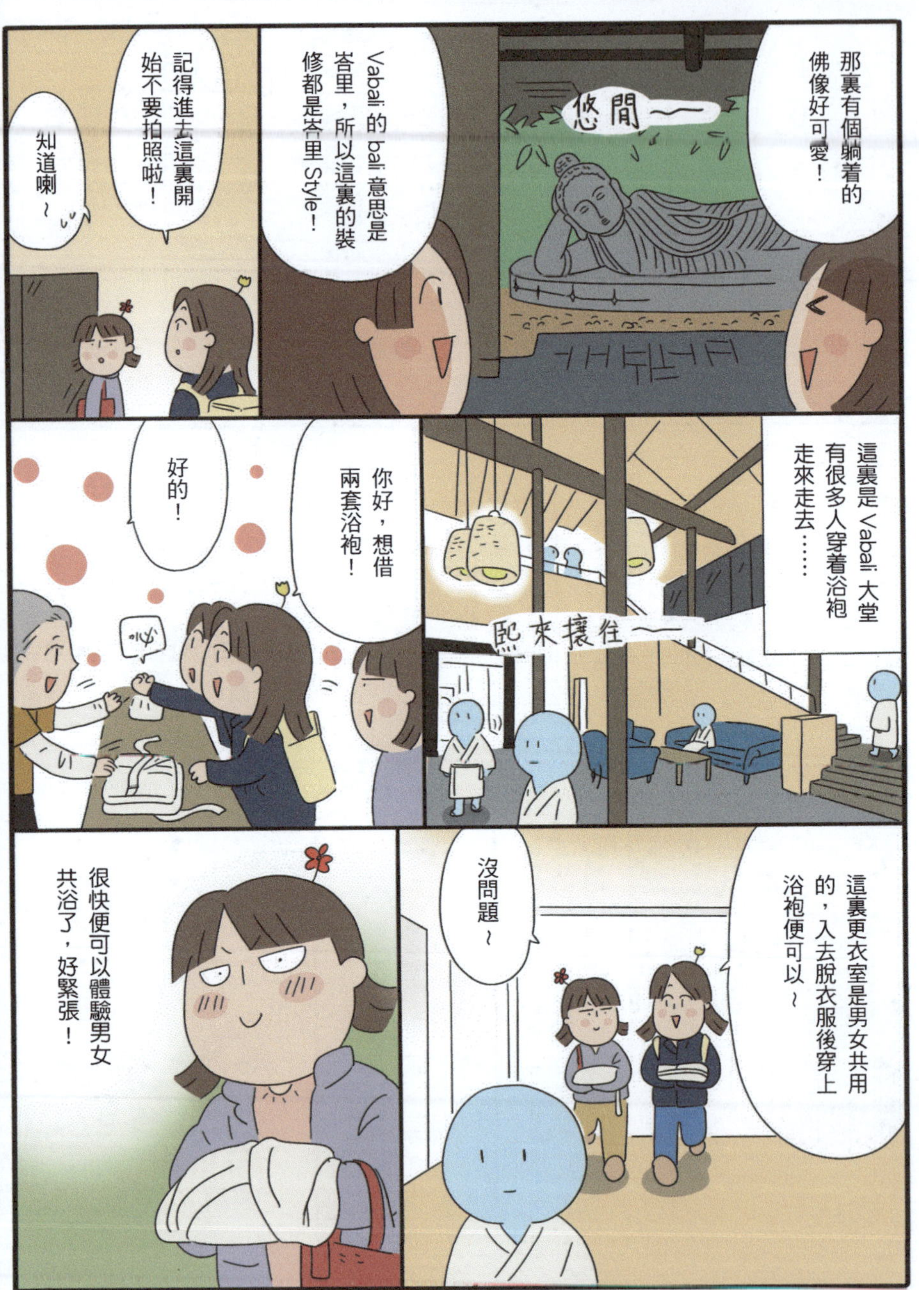
那裏有個躺着的佛像好可愛！
悠閒～～
Vabali 的 bali 意思是峇里，所以這裏的裝修都是峇里 Style！
記得進去這裏開始不要拍照啦！
知道喇～
這裏是 Vabali 大堂有很多人穿着浴袍走來走去……
熙來攘往～～
你好，想借兩套浴袍！
好的！
這裏更衣室是男女共用的，入去脫衣服後穿上浴袍便可以～
沒問題～
很快便可以體驗男女共浴了，好緊張！

更衣室～
我們隨便找一個儲物櫃吧！
就那邊！
當我們在忙脫衣服的時候……
忙
忙
我們突然發現有好幾個男人在身邊好像等甚麼……
……
他們想做甚麼呢？
緊張
哼……
沒看過亞洲女人嗎？
你好，請問你們的號碼是甚麼？
甚麼號碼？
每個人都有專屬的儲物櫃號碼，你看看你的錶……
原來如此！
你們用的那個儲物櫃是我的……
不好意思！
忙
忙
太久沒來我都忘記了！
嚇我一跳，還以為你很熟這裏……
還誤會了別人……

我們沖身後便可以進去桑拿了！
沖身
嘩啦
嘩啦
沖身完畢!!
我期待的羅馬浴場也出現喇！
嘩～!!
高級感～
原來大家都是穿着浴袍……
隱隱約約看到裏面的裸體……
失望
我還以為大家都是坦蕩蕩走來走去……
大家還是會害羞～
公共區域都是穿浴袍的，只有在進去桑拿才要脫衣服！
公共空間
桑拿室
你看看這裏的地圖！
揿

Vabali 地圖
這是二樓～
室外
桑拿
泳池
室內
泳池
這麼大！
嘩，這麼大！
這只是一樓的地圖而已，有室內室外區！
整個區有十個桑拿，三個蒸汽室，四個泳池還有餐廳……
指
我們先去這個吧～
進去前要脫衣服～
好！
脫
豁出去了！！
拿着毛巾入去吧！
原來可以拿毛巾～
遮

趁還有勇氣，裸辭去歐遊！

我們坐上去吧！
踏
充滿熱氣——
真的全部裸體！
記得先鋪上毛巾……
好～
放
坐
閉眼
在這個空間大家都在放鬆，很安靜……
Please keep silent
靜——
不會有人評論別人的身材，
只會專注在自己放鬆身體的時間～

當然偷偷打量是沒問題的……
瞇
身材真好～
我們去下一個桑拿吧！
好～
10分鐘差不多～
這個好多人進去！
熱鬧～
嘩！已經坐滿了人！
人多擁擠～～
上面有位，我們坐上去吧！
不久有個職員走進來……

她介紹即將進行的程序 Infusion，即是注入香味的桑拿……
~
~
竟然也說英文，應該是因為這裏也有很多外國遊客來。
我也是第一次體驗這個~
她第一步是在熱石上灑上浴鹽，
灑鹽
再灑水
灑水
呼~
呼~
*溫度上升中
開始冒汗了
淡淡的橙香味~
感受到她撥來的熱氣了！
撥
撥

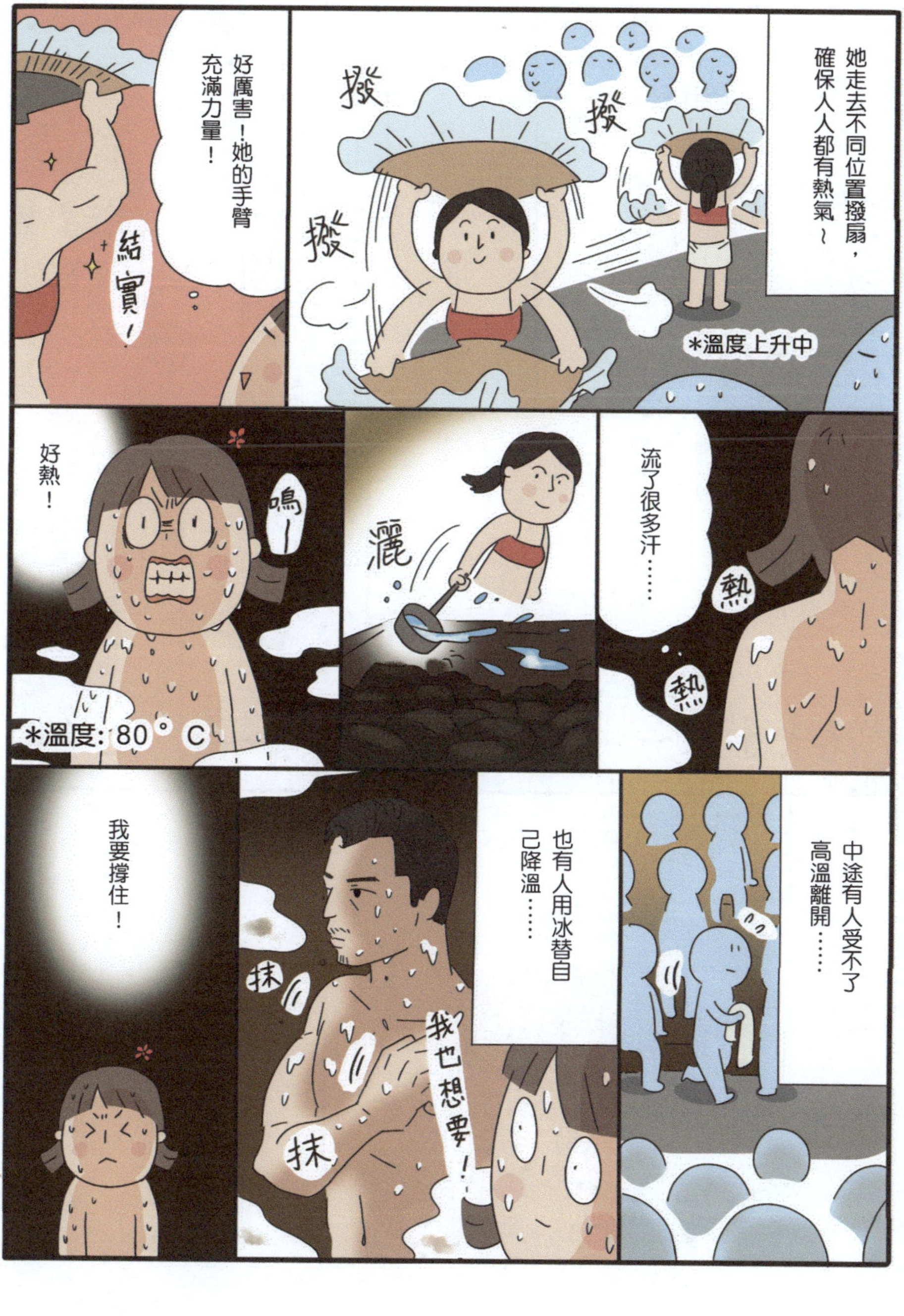

她走去不同位置撥扇，確保人人都有熱氣～

撥

撥

撥

*溫度上升中

好厲害！她的手臂充滿力量！

結實！

流了很多汗……

熱

熱

灑

好熱！

嗚—

*溫度：80°C

中途有人受不了高溫離開……

也有人用冰替自己降溫……

抹

抹

我也想要！

我要撐住！

撐住!!
忍
忍
結束了，謝謝大家!
蜂擁而出~!!
跑
跑
跑
呼……
快要死掉了!
不過流一身汗
很舒服!
拿
剛剛一次過見識到了很多不同的身形，大開眼界!
有一個我第一眼以為是女人，怎知看真一點是男人!
各式各樣~
這個男女共焗桑拿在亞洲應該不可能發生，如果在這裏碰到朋友或同事應該超尷尬……
嚇!
之後我們去嘗試了室內不同的桑拿室和設施……
濕濕的
有濕蒸氣的，
Chill
有可以享受美景和音樂的，
行
行
痛
痛
有行石春路……

有不同氣氛燈的……
好舒服！
好舒服～
我們還有去室外的地區，那時氣溫只有三度……
好冷！
室外有游泳池，人們要脫衣服才可以游泳。
第一次見到有人裸泳！
我們試試這個按摩池吧～
好～
好像看到Sims的場景！
你看看，他們也焗了Infusion出來！
呼
嘩！好美麗！好有羅馬浴場的感覺！
嘩啦～
嘩啦～

這裏好像大型的休閒會所，休息區域有床和梳化，有餐廳，也有公共空間讓你和朋友談天。
可以看書
有餐廳
可以打卡Game
感覺可以在這裏待一整天～
這麼寒冷的天氣，這個人在風鈴下做甚麼？
叮
叮
真有趣！
我很喜歡這個讓所有人放鬆自己，回歸自然的地方。
甚麼！
有這麼有趣的地方！
A小姐從旅行剛回來，聽到我們的經歷，便決定馬上出發去！
你旅行回來不用休息嗎？
不用！我怕之後沒有機會！
想不到從來沒去過浸溫泉和桑拿的她竟然有興趣……
當她去完回來……
Vabali 是柏林必去的地方！是天堂！
看來她都感受到Vabali 的魅力！

取材

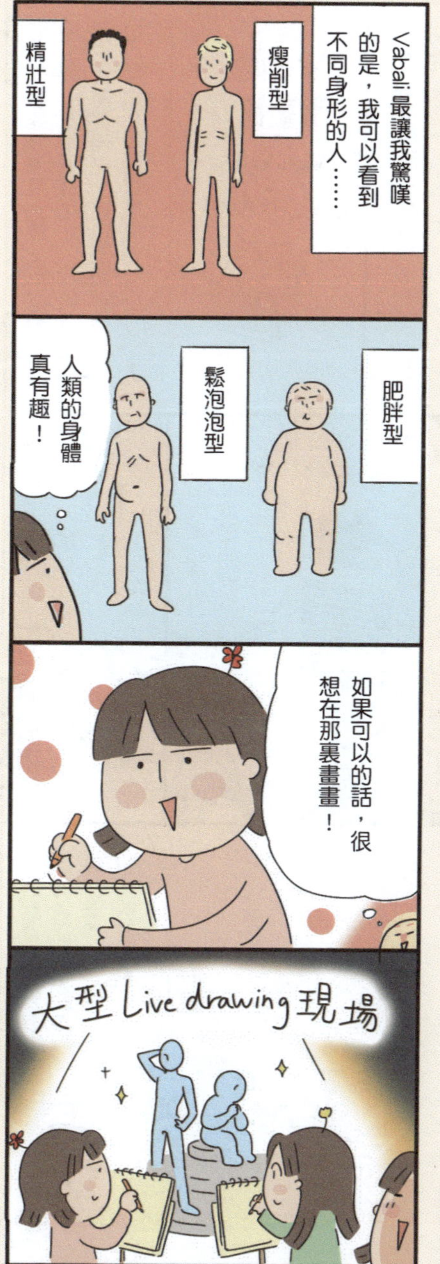

柏林的顏色

冬天的柏林日照時間短，

灰～

白天也很少陽光……

加上柏林的景點大多是關於二戰歷史，

陰沉

柏林給我的印象總是沉重和灰濛濛的……

但當去完 Vabali

和夜店後……

形象大反轉!!

柏林是彩色的！

見識新創作：安古蘭漫畫節

整個城鎮都是漫畫節的宣傳poster，還有不同活動的路牌指示。
場地路線指示
漫畫廣告
好多畫了漫畫的牆，果然是漫畫城鎮！
延伸了城牆的畫～
這些人好像是排漫畫家白濱鷗的展覽……
好多人！
那頂帽子好可愛！
請問你們排了多久？
早上十點已在這裏排，已經等了三個小時……
超誇張！
要等太久了，我們不如去其他展館看看先……
FESTIVAL ANGOULÊME
LA PLACE DU
這裏有很多漫畫攤位！
想不到有這麼多人！
人頭湧湧
都畫得很漂亮，可惜我看不明白法文……

作者好有心機簽名，一邊簽一邊和讀者交流，
也有人用馬克筆用心地上色……
有作者是畫水彩，
書的紙不會濕掉嗎？
皺皺的
也有作者是用粉彩畫……
畫
畫
你看！那邊有讀者跪着看作者簽名！
真的！
多麼美好的畫面！
那個讀者一定很喜歡他的作品！
感動～
有些攤位特別受歡迎，有很多作者在簽名，而且有好多人在排隊……
畫
畫
我買了這青蛙漫畫！
ALYTE
之前在漫畫店有看過這本漫畫！有獲獎的！

好可惜簽名的籌已經派完了！
想不到畫這可愛青蛙的作者是這個帥哥～
眼花繚亂
之後我們再周圍逛，有一個展館比較多大型出版社。
哇！這出版社有超多作者！
近20個!?
根本就是銀行櫃枱式的簽名……
真的會簽到手軟……
一個時段有很多作者當值，
時間表
誇張
作者多到令我覺得出版社們在曬冷，互相競爭的感覺。
我有這些勁人！
熱鬧～
小Y看到我喜歡的作者在簽名！
我要趕快去買！
跑！
Go！

我買到書喇！
MYTHOLOGIE GRECQUE
關於希臘神話
這是我之前在漫畫店見到很喜歡的！恰好今天作者在場！
親筆簽名!!
還用了你的名字畫畫創作台詞，好有心機！
羨慕
之後我們去附近一個商場的書店逛……
超多作者在簽名——
為甚麼這裏又有漫畫家在簽名？
震驚
究竟有多少漫畫家來參加這個漫畫節！？
可能超過100個？
好像隨街有花瓶跌下來也可以砸中一個漫畫家……
碰！
另一個展館 Manga City 是以日本漫畫為主。
ANGOULEME
ALLIGATOR
在外國 Manga 是日本漫畫，Comic 是本土漫畫。
有香港漫畫！

在那裏有香港代表《港漫動力》的攤位展出香港漫畫！
港漫動力
香港漫畫支援計劃
HK COMICS SUPPORT PROGRAMME
嘩！今屆有很多漫畫家來！
他們有特地翻譯做法文，好細心！
原來香港有這麼多漫畫家……
是呀！
我也是第一次聽說《港漫動力》這個計劃！
如果多點香港人知道就好了……
《港漫動力》每年都資助好多漫畫家出書，很值得支持……
我們也去了看幸村誠的《海盜戰記》原稿展覽……
VINLAND SAGA
MANGA CITY
好多人！
有很多原稿……

裏面的佈置好有心思，是以海盜為主題的，中間甚至有隻海盜船～
之前都沒有聽過這漫畫，之後要找來看看！
這漫畫家很擅長描繪氣氛！
我們在安古蘭漫畫節過了愉快的兩日一夜。
安古蘭漫畫節舉行四天，所以根本不夠時間參觀所有活動，
但我們已經大飽眼福，深深感受到這城市對漫畫的熱愛，
也讓我知道其實漫畫的世界很大！
希望有天能再來～
FESTIVAL ANGOULÊME
HOTEL
最後因為買太多，所以一回酒店便忙着整理行李……
亂糟糟

簽書

金句

安古蘭漫畫節讓我知道漫畫的世界很大。

兒童
科幻
推理
戀愛
懸疑
日式
運動
英雄

風格十分多元化，總有一種你喜歡的！

我是喜歡這種的！

鮮艷

可愛

我們都買到自己的心頭好~

我對這些都沒甚麼興趣……

Cat

細緻寫實

奇幻簡約

讓我想起這個金句……

百貨應百客
記住這句話

一出火車站便看到這靚仔，彷彿在跟你說，歡迎來到安古蘭！

漫畫節期間，到處都是漫畫節的宣傳和路牌指示

到處都是漫畫壁畫，好漂亮！

我們香港《港漫動力》的廣告牌

連教堂也變成漫畫節的場地之一！

作者們都很認真在簽名，很少見這麼多漫畫家一起簽名，連水彩也用上！

小Ｙ買的青蛙漫畫

不能把漫畫帶回家，唯有拍照留念，都很漂亮哦！太美了！！

戴着漫畫節的宣傳品派對帽子，很有節慶氣氛！

漫畫節期間酒店都很 full，我們很幸運 book 到了一間 Airbnb，離市中心要走 20 分鐘，很有家的感覺吧？讓我們體驗到當地人的居住環境！

後記

在這三個半月，我去了歐洲八個國家，如德國，意大利，西班牙，法國，葡萄牙。
這旅程讓我見識了很多新奇有趣事，不過也開始覺得疲倦，漸漸有了思鄉的情緒。
而且那時有很多空難的新聞，我開始害怕搭飛機……（暫時性，放心）
壓力～
我發現除旅遊外，我很多時間都無所事事，不知做甚麼好……
悠閒～
忙
忙
我不喜歡閒著，開始在想回香港後的工作目標……
還有我很掛念香港的美食，所以開始期待回香港的日子到來～
我要吃米線、蒸魚、餃子……
不知不覺，三個半月過去了，好像發了一場夢……
嗚～
怎麼你好像又胖了……
你不在我叫多了外賣……
男朋友
回到香港後我忙着工作，每天也過得很充實，而媽媽也開始上課適應視力下降。
畫
畫
慢
慢

小Y回來和Y先生辦婚禮，簡單而隆重，十分完滿～
感動
之後小Y在香港待了一個半月多，便跟隨她老公回柏林了，
下次見她應該是一年後……
離港 Departur
下次新年見！
嗯！
有甚麼事隨時回來香港！
抱
上次跟她道別是她出發去 Working Holiday 的時候，我很難過，因為我很不捨得。
這次我的心態不同了，旅行讓我成熟了，明白人大了自然各有追求……
Bye！
Bye～
我剛剛哭了，開始掛住你們喇！
我們很快便會再見！
BUS
最重要是大家都有目標，對生活 keep 住團火，活得開心！
加油～

在倫敦買到幾本很漂亮的 Children Book，一打開超驚喜！

封面

內容

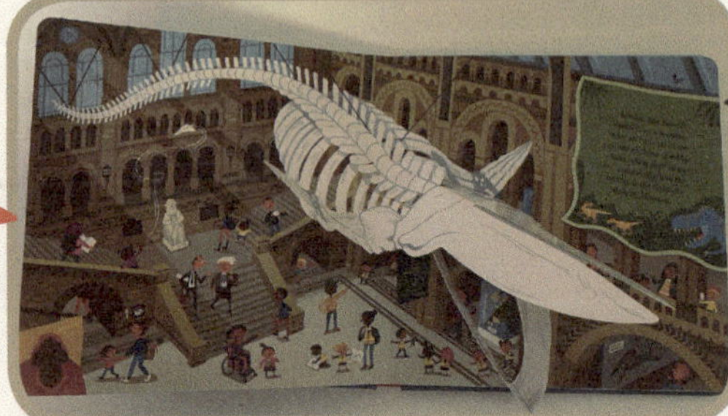

立體~!!

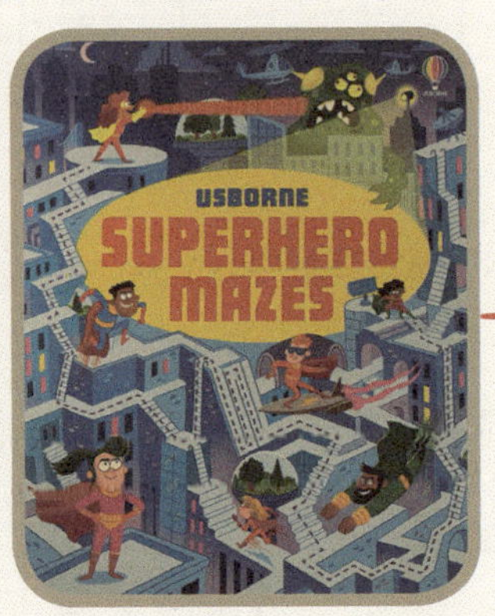

迷宮~

超可愛~

不要誤會，不是全部都是我的喇！我只是 Jellycat 搬運工，但白菜，粟米是我的～

把廚藝帶回家！在西班牙上完堂，回到香港當然要煮一餐西班牙海鮮飯給家人吃！

在法國買的漫畫，看不懂也沒關係，只看畫面已很賞心悅目！

讓我自豪的雪櫃門

家中的雪櫃因為這次歐遊多了很多磁石

意大利拿坡里

葡萄牙里斯本

意大利羅馬

意大利佛羅倫斯

德國柏林

荷蘭阿姆斯特丹

捷克布拉格

德國羅騰堡

英國倫敦

西班牙馬德里

英國利物浦

謝謝你看完這本書！希望你會喜歡~
我一直有旅居的夢想，現在總算是實現了！
以前總覺得一個人去旅行需要很大膽量，
但是經過幾次旅行後，克服了恐懼，開始得心應手！
希望之後也可以有機會去其他國家探索！
不是吃喝玩樂，而是抱着一個冒險的心態去！
這個世界很大，還有很多國家我都沒有去過呢~
有機會的話再出遊記給大家，謝謝大家支持~

大Y
2025年6月

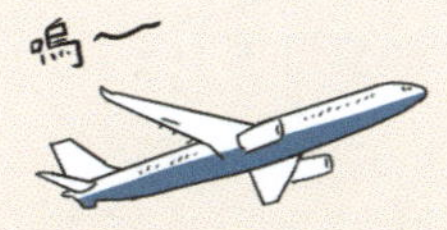

Credits

~~ 上色小幫手 ~~

Sang Nguyen Thanh
Izzatin Nada Al Jannah
Anuphong Chaonukun
小Y
婷婷

責任編輯　缽缽豬　馬田君
裝幀設計　大Y　Sands Design Workshop
排　　版　大Y　Sands Design Workshop
印　　務　劉漢舉

出　　版　非凡出版
香港北角英皇道 499 號北角工業大廈 1 樓 B
電話：(852) 2137 2338　傳真：(852) 2713 8202
電子郵件：info@chunghwabook.com.hk
網址：http://www.chunghwabook.com.hk

發　　行　香港聯合書刊物流有限公司
香港新界荃灣德士古道 220-248 號
荃灣工業中心 16 樓
電話：(852) 2150 2100　傳真：(852) 2407 3062
電子郵件：info@suplogistics.com.hk

版　　次　2025 年 7 月初版

規　　格　32 開（210mm x 150mm）

ISBN　978-988-8913-22-0